田中佑季明詩集

Tanaka Yukiaki

新・日本現代詩文庫 169

土曜美術社出版販売

新・日本現代詩文庫　169　田中佑季明詩集　目次

詩篇

詩篇

詩歌集『うたものがたり』（二〇一九年）抄

第二章

戦後初期のこどもたち

渋谷の闇市
昼がだらしなく　ぶら下がっている
母に連れられ雑踏の市場へ
頭にタオルを巻いたおやじたちが
店先で
大きな声を張り上げ
客を呼び込んでいる
「さあーいらっしゃい。奥さん。いかの
塩辛美味しいよ」

人込みの中
空腹を抱え
ふたつの野生の餓えた
ギラつく眼と
限りなく貪欲な食への本能が交錯し
鋭く獲物を執拗に追っている
食料不足の中で生きるには
闇市は必要悪
生きるには
法の前に　生活権がある
馬鹿正直の学者は
命を絶った

敗戦で見渡す限り
荒廃した虚無の街
荒廃したのは
建物ばかりではない

人々の心も打ち砕かれ
ボロボロに　荒廃していた
ほころびは自分で繕うしかない

敗戦から復興に向けて
どん底から
民は力強く　逞しく生きていた
否、生きざるを得なかった
焼け野原から前を向いて
一歩を垂直に踏み出し始めた

古い木造校舎の片隅に
ポツリと
石造りの二宮金次郎
朝礼で
校長が慇懃に挨拶している
柔らかな朝日を浴びて

学年ごとに真面目に話に耳を傾け
一列に並ぶ生徒たち
ひときわ長い列の集団は
団塊世代
平和な性交の象徴
戦後のベビーブームの到来
いずれ　この世代が
世の中を動かし
社会の中核となる日が
果たして
訪れるのであろうか

学校近くの
小さな駄菓子屋
学校帰りの
こどもたちが友達と
蜂の巣を突いたように

犇き合っている
お菓子や、めんこ、安価なおもちゃ
などに群がり
大きな声をギャーギャー上げている
彼らは自分の世界だけに
この時を
イキイキと生きている
店の奥には
腰の曲がった　おばあちゃんひとり

アスファルトの長い路上は
灰色の川
淀むことなく　ゆっくりと流れている
水の通わぬ川
その川をせき止め
こどもたちが
しゃがみ込んで占拠している

いつしか　路上キャンバスには
こどもたちの
白墨やローセキで
赤・白・黄色の
彩色世界が広がっている
路上いっぱいに　思い思いの絵を
ひたすらに描いている
小さな巨人たち
まるで
野外美術館
烈しい雨に濡れた車道は
悲しい色で滲んでいる
開かれた無許可の美術館も
車の交通量の増加と共に
いつしか消え去って行く

鉛色の冬空が　どんより広がる

ポカンと口を開けた都会の空き地
狭い空間の中で
こどもたちの
熱い喚声が
天空に届く勢いで上がる
主のいない
三輪車や竹馬が
無造作に
転がっている
缶蹴り・おしくらまんじゅう・馬跳び
キャッチボール・女の子のゴム飛び
ままごと・鬼ごっこ・相撲など
幾種類もの遊びが交錯
大人に邪魔されないコミュニティー
まだ地面師の居ない
小さな空き地は
こどもたちの活気に満ちた

ドリームランド

うらぶれた路地裏では
バケツに布を張り
鼻たれ小僧たちが
鋳物のベーゴマを勢いよく回す
ひもが蛇のように宙を踊る
火花を散らし
烈しくぶつかりあい
生き物のように
飛び跳ねる鋳物の群れ

ベーゴマを改造して削り
飛ばされず
より強く　より長く回せるように
工夫する　小さな技師たち
その眼差しは

真剣そのもの
勝負師の顔となる

めんこを
路上に思いっきり叩きつける
木枯らしが吹き
枯れ葉舞う　空き地で
砂埃と共に
相手のめんこが
ひらりと宙を舞い裏返る
勝負あり
勝利の雄叫びを上げるこども
相手から奪った
めんこの厚い束が　勝利の証として
誇らしげに
力強く　左手に握られている

めんこの裏の四隅を細く折り
あるいは表面に蠟を塗り
風圧に耐えられるように
細工する
だが
その効果もなく
むなしく敗北するこども
勝者の
めんこの表面には
人気相撲力士の
写真が
誇らしげに
貼られ　こちらを見ている

照りつける夏の日の午後
校庭の
プラタナスの木陰に

蟬の声が
命の震えとして
けたたましく鳴いている
己の命の短さを知ってか知らずか
悲壮感をもって
鳴き急いでいる
教室の二階からは
軽快なピアノ伴奏で
こどもたちの
澄んだ歌声が聞こえてくる

学校給食
脱脂粉乳
飲み辛い
贅沢は敵だ
栄養第一

脂ぎったおやじが
自転車に
年季の入った紙芝居道具を
乗せて町へやってくる
紙芝居の前には
期待に胸を膨らませる
人だかりのこどもたちの黒い山
服装は世相を反映してか
カラフルさはなく
一様に暗くて地味である
みんな貧乏だった
貧乏を共有すると　貧乏で無くなる
紙芝居の始まる前後に
幾つもの年季の入った小引き出しから
おやじの太い手で
駄菓子などを引き出し
いつもの

手慣れた仕草で
こどもたちに物を売る
小銭が飛び交う小さな手
全てのこどもが買えるわけではない
小遣いのない貧乏のこどもたちは
じっと我慢の時間を過ごすしかない
時代劇の丹下左膳から鞍馬天狗
黄金バットまで
紙芝居のおやじのレパートリーは
広くて深い
こどもたちは　汚れを知らない
純粋な二つの眼で
紙芝居を凝視する
おやじの語り口のうまさと
臨場感や場面転換の絵に魅せられ
紙芝居の世界に
どっぷり入り込んでゆく

娯楽の少ない色のない時代
テレビは寒空での街頭テレビ
町の蕎麦屋のテレビの前では
ジュース一本を粘って飲み
手に汗握る
プロレスを見る
力道山の空手チョップに
金髪の外人レスラーは
オーバーアクションで
リングを右往左往
金髪から赤い鮮血が……
外人コンプレックスを
払拭するかのような
歓声と熱気
エキサイトする客たち
あの頃は熱かった

映画は夕日がどっぷり落ちた
夜の神社　学校の校庭
夏休み
生徒や父兄たちで賑わっている
露天の銀幕が生ぬるい夏風に
揺れている
どこからか蛾が飛んでくる
夜の蝶
蟬の声が神社の杜から
時間はずれで聞こえてくる
勧善懲悪の時代劇に
一喜一憂の応援で
夜が更ける
夜空には
星屑と濡れた赤い月

ラジオは
ぼっ、ぼっ、僕らは少年探偵団
いつもの時間に　いつもの番組
ラジオの前に釘付けとなり
テーマソングの歌声に胸を躍らせる
古き昭和の戦後初期の時代は
遠くの記憶の中に
幻影として　生き続けている

こわれたぜんまいネジ

僕はこの街の今日を
生きて歩いている
横丁の煙草屋を入ると
明日が見える
煙草屋の前で

元カノの女子大生が煙草をくゆらせ
こちらを見て
微笑んでいる
こんにちは　お元気?
耳を澄ますが
昔の澄んだ
声が聞こえない
小さな口元からは声が読み取れる
僕は童貞のように
気恥ずかしそうに
微笑み返し
無言で重たい歩を引きずりながら進める
元カノとの
淫らで
猥雑な
秘め事が頭を過る
冷たい風が

ぴゅっと通り過ぎてゆく

その先の
油臭くて古い自転車屋の路地を入れば
確か
来週の金曜日がぶら下がっている
手を伸ばせば届く距離にある
まだ約束はしていないが
恋人のJと会う積もりでいる
花屋の色とりどりの華たちが
早送りしているコマのように
美しく咲き乱れて動いている
店屋には
人の顔をした人は誰もいない

隣の果物屋には
沢山の果物が

所狭しときれいに置かれている
買って貰えるか分からぬバナナは
隣同士の同胞を強い意志で結び付け
離れようとはしない
このバナナのひと房を手に取り
皮をむきひとくち口にすると
甘い香りと共に何年か前の
苦い過去が
ゴロゴロと転げ落ちてきた

過去から現在、未来へと
いつまで続くと思うのは
浅はかである
そんなことは
難しい方程式を解くよりも
容易なことだ

僕の思考回路の
古ぼけたぜんまいネジが
ぷつんと切れてしまった

切符

行先のない切符を手にして
夜汽車に飛び乗った
乗客は誰もいない
がらんとした客室は
棺の葬列
蒸気機関車は怒ったように
黒煙を勢いよく夜の暗闇に上げる
汽笛がボーッボーッと吠えている
村灯りが女郎蛍のように飛んでゆく
夜空には銀河系が輝いている

ルビー・サファイア・瑪瑙
ダイヤモンド・アメジストの魅惑星
星屑の流星群からは
細い糸のように星が地上へ降り注ぎ
暗闇の中にサーッと消滅してゆく
濡れた三日月には
長いロープの梯子が掛けられ
数珠繋ぎの裸の男女が黙々と登っている
いつしか潮の匂いが
鼻孔をくすぐる
蒸気機関車は
線路のない海上をひたすら
波しぶきを上げながら
走行している
群青色の深い海原は
烈しくうねり
魔の手で

蒸気機関車を
海底深く引きずり込もうとしている
鮫が獲物を狙っているような
凶暴性を秘めながら
重い蒸気機関車は
荒波にもめげず
黒煙をはき
必死で
体勢を維持しながら
前へ前へと走行する
やがて
地平線の彼方に
黒煙を上げながら
悲痛の汽笛声を叫び
消えてゆく

前へ

わたしは
地図も持たずに
歩く
この先に何があるのか
分からないが
ひたすら歩く
歩くことをやめることが
恐怖の始まりとなる
私の中で
脳髄は錯綜し
支離滅裂
海上でも
羅針盤も海図もなく
前へ進むことだけが

残された
選択肢

後ろに引き返すことは
思念として皆無だ
前へ、前へ
ただ前へ
地平線の彼方にやっと辿り着き
更に前へ進むと
やがて
見慣れた風景が現れた
そう
私の生誕した場所であり
元の出発点に
戻ってきてしまった

詩集『風紋』（二〇一九年）抄

Ⅰ

性の虚構

熟れた
禁断の
果実を
震えた手で
手に取り
食べるのは
誰か
背徳の
美などは
ない

一抹の
おどろおどろの
不安と
後ろめたさに
侵され
それでも
味わいたい
毒を含んだ
麻痺する
美味
怪しい
色香が
どこからともなく
漂う

魔性の海
暗黒の
荒れ狂う牙の
大海に
投げ出され
濁流に呑み込まれ
やがて
難破船に辿り着く

末路は
朽ち果てた
残骸が蠢く
性の虚構

君に捧げる　あいうえお……

あいしてる
いつまでも
うまれたひから
えいえんに
おまえをだきしめていたい

かしこくいきるより
きれいにいきたい
くもりのないじんせい
けんこうで
こころをかよわす

さいこうのひと
しぬまで　しんでからも

すきだった
せかいはふたりだけのもの
そうしんじていきてゆく

幾光年の愛

あなたへの愛
を
何をもって
計ればいいの?

わたしが
あなたへ寄せる愛は
青い地球より
さらに重く
天空の
青空より
広い
そして
海より
深い

あなたは
太陽
あなたが
存在しなければ
この世は
暗黒の世界

あなたの
優しい
光が
大地を照らし

肥沃な土地を育てる

恵みの雨は
大地に
命を宿す
木々は
葉を茂らせ
緑の森となる
小鳥は
囀り
天空を舞う

銀河系に輝く
星群は
月光に
寄り添い
夜明けを待つ

幾光年の
明りが

わたしへの
愛として届く

ぶどう

おんなは
青い　ぶどうを
ひと房　手に取り
口にする
甘い香りが
鼻腔の粘膜を
刺激する

おんなの
猥雑な
紅い唇の奥には
底知れぬ
群青色の
エーゲ海が広がる

過去の追憶は
今を乗り越え
おんなの
柔らかな
乳房に宿る
とがった乳首から
過去の
哀しい
恋物語が語られる

おんなの　眼から
ぶどう色の
涙が　流れる
秋の日

Ⅱ

伏字

わたしの詩は
伏字に満ちている
とても
詩とは言えない
モザイクだらけ

●●●　●●●　●●●
■■■　■■■■　■■
◎◎◎　◎◎◎◎　◎◎◎
◆◆◆◆◆　◆◆◆　◆◆◆
現代アートではない
代替え言葉を探してよ
国会提出の
機密文書ではあるまいし
まるで
海苔弁当だ
言っておこう
これは紛れもなく
わたしの詩なのだ
伏字の向こうに
真実が隠されているが
誰も読み解くことは出来まい

差別用語
時の権力者に
重大な不利益を与える糾弾
放送禁止用語が
飛び交う
禁句の
言葉の
祭典

人は言う
ボキャブラリーを駆使して
使えばいいだろう
容易《たやす》いことだ
おまえは詩人だろ？
そんなことばを探せないのは
言葉の力を持つ

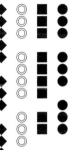

魔術師なんかではない
断じて
詩人とは言えまい
ただの愚か者

そう
愚か者には
愚か者の
哲学があるのだ
敗者の美学

ポンコツの廃車ではない
スクラップ　アンド　ビルド！

自己規制
自粛すべきではない
そこに命を

賭けられるか
否か

おまえには
覚悟があるか
だが
無駄な死は
望むべきではない
死の向こうに
明日が　望めるならば……
死をも　いとわない

表現の自由とは何か
猥褻と
芸術の
違いは何か

公的秩序を著しく乱すもの
それは
レボリューション
そう、革命
前衛的アート？
アナーキー
形而上学的範疇

資本主義
社会主義
自由主義
共産主義
帝国主義
民主主義
全体主義
独裁国家
専制国家

あらゆる
国家体制の下での
個
の在り方は
生きざま
来し方
覚悟
歴史観
価値観に委ねられる

だが
権力者に
圧殺される

わたしの詩は
いつか

黒海の死と化す

挑戦

わたしは
ただひたすら
麓から
頂上を目指す
重い三十キロのリュックを背負い
力強く　ゆっくりと
一歩を踏み出す
登山家が
エベレストを征服するにも
先ずは最初の一歩から始まる
ゆるやかな傾斜は
ロープもピッケルも不要だ

真白い
樹氷は
朝日に輝き
白い銀世界が
果てしなく続く
だが
その姿は
何時変容するのかも分からない
雪が解け
雪崩という
白い恐怖をも孕んでいる
登山家たちが
この雪崩に
悩まされ
幾十人もの
パーティーを飲み込んだであろうか

天候の悪戯は
運・不運だけでは済まされない
家族を　友人たち　恩師を
悲しみの淵に追いやる

上空には
ヘリコプターが
雪山に
飛び交う
捜索隊の手を借り
遺体が家族の元へ
引き渡される
ベースキャンプには
悲しみの涙と嗚咽が渦巻く

神々しいまでの
美しさ故か
おまえは
人を拒絶する
山よ
これでいいのか
おまえには
慈悲というものがないのか
横幅何十メートル
長さ数百メートルの
白い恐怖の川は
濁流となり
猛スピードで
無情にも
人を巻き込んでゆく

それでも
登山家は

家族を捨て
恋人を捨て
仲間を捨て
冬山に
挑んでゆく
一歩一歩
頂上を目指す
高山病にもめげず
凍傷に襲われても
猛吹雪の中
狭いテントに
じっと身を寄せ
嵐が通り過ぎるのを
祈るように
待っている

君は

何故
頂上を目指すのか
途中には
深くて底知れぬ
危険な谷底
クレバスが
口を開けて
待ち構えている
絶壁に立ち向かい
ピッケルを力強く打つ
ロープに命綱
孤独との闘い
上へまた
数十センチの上へと
粘り強く目指す
下を見下ろせば
雲海が広がる

偉大なる
山の神は
わたしを
果たして
受け入れてくれるのであろうか
何ものにか
取り付かれたように
わたしは
あくまで
頂上を目指す
山への
果てしない
挑戦が続く

それは
わたしの
死を以って
終止符が打たれるのであろうか
信じたくはない
わたしの中には
登頂の二文字しかない

ニューアート

おまえは
どんなに努力しても
天才ピカソには
届かない
おまえは
耳をそぎ落としても
炎の画家ゴッホにも
到達しない

だが
俺には
ピカソ・ゴッホにない
線がある
色彩がある
それが
個性というものだ

だが
完成された
絵には
人の
心を打つ
魂がない
絵ではない
そこが

天才ピカソやゴッホとの分岐点だ

俺は
大きく　ため息をつき
天を仰ぎ
白い雲が
悠々と流れる
無限大の
青空のキャンバスに向けて
バケツ一杯の
黄色
赤
黒などの
ペンキを
ぶちまけた

太い絵筆をとり

キャンバスに
夢中で
描き始めた

青空は
刻一刻と
夕焼け空のようにも見え
また
嵐の前の
暗雲漂う
空模様にも
変化していった

アートと呼ぶには
烏滸がましいが
そこには
確かな
手応えのある
ニューアートの
俺の世界が
横たわっている

これが
俺の
心の
叫び
魂だ

赤いルージュ

霧雨に燻る
ウィーン
わたしは

人影の少ない
カフェハウスで
濃い目に入れた
ブラック珈琲
モカを一口
口にする
あなたとの
ほろ苦い
想い出の数々が
窓辺の
大きなガラス窓に
真珠の雨粒のように
流れてゆく
店の外の
石畳を
雨傘をさした
男と女たちが
行き交う

店内には
ドビュッシーのピアノ曲
「月の光」が
ゆっくり流れている
病んだ
わたしのこころを
霧雨のように
優しく
洗い流して
癒やしてくれる

テーブルの上には
白い珈琲カップ
ひとつ

あなたは
いない
赤い
ルージュが
カップに
寂しく
色を添えている

中欧

チェコ

首都プラハ
中世の街並みを色濃く残した古都
狭い石畳の通りには歴史を見つめてきた教会など
がある
ヴルタヴァ川からはプラハ城の雄姿が見える
「百塔の町」プラハ
さまざまな建築様式が混在する歴史的に古い町並
みが続く
一九九三年一月一日スロバキアから主権国家とな
る
一九六八年「プラハの春」は「人間の顔をした社
会主義」を目指すが
ソ連邦他五か国の軍事介入を受ける
五十年の弾圧の傷跡は今も人々の心に深く残る
世界は
ボヘミアングラスのように透明度が高く
崇高なものであって欲しい
テロ・内戦・覇権・経済戦争・宇宙開発競争など

　が混迷する世界
ナショナリズム・国家主義ファーストが台頭する
　世界で
為政者の身勝手な行動を抑止させることは容易な
　ことではない

混迷する世界情勢の中で
常識ある一般の民は連帯・団結するしかない
武装蜂起でなく
民主主義で勝利を擱むしかない
その道程は果てしなく遠いものであるが
諦めてはいけない
前進するしかない

　ハンガリー

首都ブダペスト
日本の国土の四分の一
国土は変化に富み
歴史と伝統の世界遺産の
ドナウ河岸・ブダ地区・ブダペスト
ブダペストの王宮の丘から
どんな歴史的風景が見えたのであろうか
穏やかに流れるドナウ川
くさり橋は
十年の歳月をかけ
ブダとペストのかけ橋が誕生した
夢の懸け橋は
大きな発展をもたらした
王宮の丘に建つ
漁夫の砦から
遥か日本に思いを寄せる
気候　風土　文化　言語　歴史の異なる異国で
地球の片隅にある地は

それぞれの歴史・文化を抱えて
生きてきた
これからも
生き続けてゆく
地球は一つだが
国家・民族は
数多く存在する
果たして
地球家族は存在するのであろうか?

見捨てられたごみ

何面体にも光る
ぐにゃり
とした
透明なごみ袋

日増しに
ごみの量が増え
投げ込まれてゆく

七月の破れたカレンダー
俺の歴史が
またひとつ
消えてゆく

色とりどりの
広告紙や
ダイレクトメール
丸められた
しわくちゃな新聞紙
読み終わった

価値のない
古い
ハガキに手紙
付き合いのない
名刺などが破られ
さようなら

生ごみ
野菜
魚の頭　骨が
スーパーのレジ袋に
幾らかの
水気を含んで
入っている

使い終わった
ティシュペーパーの空き箱など

雑多の
燃えるごみが
一杯詰まっている

袋の中は
悪臭と
ごみが重なり合って
ごみたちは
身動きできず
窒息しそうだ

現代を共に生きてきたが
容赦なく
捨てられたごみたち

ごみ収集場に
黄色のネットを掛けられ

ごみ袋の山たちが
沈黙を守り
幾つもの顔を
無造作に
並べている

数羽の
カラスの群れが
ネットに
止まり
ごみ袋を
嘴で突ついている

やがて
朝日が昇って
数時間後
清掃局の
車の後部が
大きな口を開け
都会のごみを
貪欲に
食べつくす
サラバ　誇りなきゴミたちよ

菩薩

ここにも
生きた
観音菩薩がいる

面長で
黒髪を束ね
眼を閉じて

唇に
薄い笑み
浮かべ
崇高で
目鼻立ち整い
蓮の花咲かせた
観音が
私の前にいる

周りには
息苦しいほどの
男と女の
顔　顔　顔の
乗客たち

そんな中で
ただひとり
観音菩薩
これは
幻想ではない
真実である

人が
観音菩薩として
生まれ変わる

おや
金剛力士像に似た
逞しい男や
慈悲に満ちた
優しい
阿弥陀如来もいる

三面六臂の

美少年のような
阿修羅
がいる

ここは
朝の
中央線
沈黙の狂い華
東京行きの
ラッシュアワー

白い墓標

あなたもあの方もその人もあちらの方もこちらの方もそちらの方もあの人もこの人もその人も隣の人もその隣の人も貴様もあんな方もこんな方も知らない人も知っている人も子供も少女も処女も少年も童貞も青年もお嬢さんもお兄さんもお姐さんも兄弟も姉妹も貴婦人もセレブも貧乏人も金持ちも老人も男も女もゲイもレズもＬＧＢＴも裁判官も先生も生徒も小学生も中学生も高校生も浪人生も大学生も父兄も校長も学長も教授も公使も大使もあんちきしょうもこんちきしょうもブスも美人もブ男もイケメンもホストもホステスもキャバクラ嬢も風俗嬢もポン引きも薬物売人もその使用者もアンタもあたいも娼婦もストリッパーもオカマもオナべも性同一障害者も健常者も身体障害者もパイロットもＣＡも船長も船員も医者も看護師も患者も俳優も女優も歌舞伎役者もタレントも芸人も落語家・漫才師もスポーツ選手も野球・サッカー・バスケ・卓球・柔道・相撲・水泳・空手・格闘技・プロレスラー・ラグビー選手たちもダンプの運転手もタクシードライバーも総理大臣・閣

僚・議員もJR職員も官公庁職員もキャリア・ノンキャリも民間企業の職員も社長・役員幹部も平社員もパートもアルバイトも正社員も非正規社員もゼネコンも銀行員もヤミ金融業者もデパートガールもアパレルの子も派遣社員も牧師も刑事もおまわりさんもおじちゃんおばちゃんもやくざも半ぐれも暴力団も暴走族も反社会的勢力も振り込め詐欺師たちも警察官も検察官も弁護士も犯罪者も鬱も躁鬱も学者も研究者もありとあらゆる人たちがこの世を生ある限り生きて死んでゆくそれは白い墓標となって幾万幾億幾兆と連綿とあの世を彷徨い続けるのであろうかたれにも分らないのだ。

樹海

海水の無い樹海で、わたしは貝殻を耳に当て森の風の騒めきに耳を澄ませる。乾いた砂の粒子が、風に運ばれ遥か遠く、古代の海の香りを呼び寄せる。樹海を自由に泳ぐ熱帯魚の鮮やかな色彩の群れ。太陽が届かぬ深い樹海の中で、ひときわ彩を放つ。溶岩が流れた割れ目から、新緑の芽が発芽する。新しい命の誕生。年輪を重ねた樹木が乱立する。雷に打たれ朽ち果てた老木もある。迷宮の回廊をひとり彷徨う。樹海の中の鼓動は地響きを上げ、己を主張する。火の海を通り過ぎ浄化された魂が、塊となり樹海に立つ。古木の原生林に巻き付く大蛇。赤い舌をペロリと伸ばし獲物を狙う。水たまりの小池の周囲には、シダが繁茂しその葉陰にヒルが生息する。森林からは、幾種類の鳥たちが、囀り鳴き声を上げている。時折、薄暗い樹木の中を蝙蝠が飛び交う。針葉樹・広葉樹が入り混じる原生林。夏でも冷たい風がわたしに吹きつける樹海の森。ここからの脱出は可能なのか?!

生きる

あなたは年輪を重ね生きてきた。生きていることが即ち伝説。人は無垢な裸で生まれ邪心もなく誕生する。親に慈悲の心で育てられ成長してゆく。だがその行く先には魔の修羅場が影を潜め待っている。大きな運命という定めの中で人は闘いが始まる。潰されそうな個。殲滅され白旗を上げるのはまだ早計。命のある限り逆境をバネに生きるしかない。人は無駄な抵抗と言うが、勝負はまだこれからだ。糠に釘のような抵抗であれ、眼のまえにある抵抗勢力と真摯に対峙する。負けても負けても諦めない。負×負が正である幻想は捨てきれない。己の信念南無阿弥陀仏。神も仏もいないと思われる世の中でも生きなければならない。生きる義務・生きる使命・修行のような過酷の不条理の道なれど生きる慶びもある。レガシーは不滅。

海

わたしは
無味乾燥な道を
縦に真っすぐ歩く
時々
底知れぬ
縦割れの
クレバスを
慎重に
避けながら
透明な
白い巨大な
雪壁にぶつかり

前を歩こうとするが
そこには
未知があるのに
前へ
進めない

ひたすら
足踏みするだけだ
どれだけ
同じ歩行を繰り返しても
前へ進めない
身体には
べっとりとした
汗が滲み
私の靴の中は
湖水のように
足が汗に　塗《まみ》れている

幾歳月が経ち
横の道を歩くことにした
色とりどりの
コスモスが
爽快に
そよ風に
揺らいで
道に広がる

どこまで歩いたのであろうか
真夏の
太陽の下
潮風が
夏の肌に
べたつく

路の行きどまりに
辿り着くと
其処は
断崖絶壁の
海が
広がる

岩場に
白波を上げ
荒々しく
海が
白い牙を剝き出し
吠えている

海の遥か先には
地平線が
眩しく
ぎらぎら光っている

わたしは
道なき道を
未知を求めて
勇気をもって
一歩踏み出した

ゆっくり
落ちてゆく
スローモーションで
周囲の風景が
鮮明に
見える
これが
人生の
終焉

潮騒の濁流の
不気味な複雑な音が
大きな反響となり
わたしの
鼓膜を振動させて
近づいて
聞こえてくる

わたしには
未知が
あるのであろうか

私は
海になる

詩と散文『寒暖流』（二〇二〇年）抄

第一章

黒い影

太陽を
背に受けて
今日も
黒い
薄い影が
都会の
舗道に伸びている

余りにも

恐ろしいほど
そのシルエットは
私自身を
写し出している

おまえは
言葉を持たず
人格さえ持たない
たぶん
魂のない
抜け殻だ

だが
ゆっくりした
歩調の
靴音を
都会のビルに響かせ

私の一歩先を
執拗に
まとわりつく
影武者

ヒトに
踏まれ
車にひかれ
水を浴びせかけられても
何一つ文句も言わず
痛さを訴えることもなく
黒い血も流さない
薄っぺらな
黒い影

私の黒い影は
私ではなく

私でもある

そんな
不思議な
黒い影

擦り切れた傷だらけのレコード盤

壊れかけた
古びた
1960年代初期の
小さな
ラジオから
かすかに
ジャズが
薄暗い部屋に
流れて聴こえてくる

擦り切れた
溝に針が落とされ
LPから
時々針が飛び跳ね
回転する
壊れた
レコード盤

トランペットの
金属音に
雑音が混じり
不協和音に
苛立つ
傷だらけの
LP

どこか
わたしの人生に
似ている

ラジオ局は
そもそも
そんな
壊れたＬＰなんか
流す訳がない

私の思考回路は
ＸＸ年から
傷つき
処方箋も効果なく
破壊されている

ある詩人の覚悟

詩人は
Ｊに
人生で
一番の
詩を書いてみせる
と豪語した

Ｊは
眼を輝かせて
詩人に
本当？
期待しているわ
あなたの
眠っている

才能・実力を
私に
今度こそ
見せて
入魂の
命を

詩人は
その日から
昼夜
原稿用紙に
ペンを走らせ
枡目を埋めてゆく

来る日も
来る日も
原稿用紙に

詩が書かれては
捨てられてゆく

詩人は
こんな筈ではない
魂の詩は
どこに
逝ってしまったのか

左脳
右脳
五感
全身
全霊
を奮い立たせ
枡目を
死に物狂いで

埋める
原稿用紙は
文字
数字
記号
などで
ぎっしり
埋め尽くされ
真っ黒

最後の
一枚にしよう
気持ちを
取り直し

その上から
また
詩が
書き加えられる

解読困難
意味不明
そこには
詩人の人生が
語られ
Jに
読んでもらうが
唖然として
言葉が出ない
J

言葉が

錯綜

乱舞
倒錯
交錯
幻覚
夢遊病者のように
踊っている

狂った
思考
語彙の羅列
詩人の
脳髄は
修復不可能

詩人の
詩は
死人の詩となり
何時までも
死詩
として
仲間に
葬られる

悲しみ色

この悲しみは
どこから来るのであろうか
闇は深く
何処までも
果てしない

悲しみの　器の
淵を彷徨《さまよ》い

おぼつかない　歩行

淵の周囲を
当てもなく
歩き続ける
悲しみの色は
どんな色

涙色　華水色
水中に咲く　紫色

暗くて
長いトンネルを
抜ければ
ほんとうに
明るい
未来が
訪れるのだろうか

否、
悲しみ色は
日本海の
海底に深く漂《ただよ》う藍色
海流に
漂い
いつしか
漂流するだろう

波にもまれ
白い
波しぶきを上げ
岩場に
吠え続け
断崖に

波繁吹く色
誰も
ほんとうの
悲しみ色を
知らない

言葉の力

風呂場に
やせ細った
手足が現れた
かつての
はち切れんばかりの
肉体は
そこにはない
侘しくもあり
悲しい
これが
力なく
老いること
百三歳の裸体
痩せてないと尋ねられ
少し
躊躇
大丈夫
しっかりしているよ
骨太だよ
そう……

安堵したような
小さな
声が
湯煙の中
返ってきた

しゃぼんを付け
今までの
苦労を
落とすように
背中を流す
身体を洗う
そして
シャンプー・リンスで
髪を
シャワーで洗う
白い泡が

洗い場に
漂う

風呂場の中
ドライヤーの
熱風が
勢いよく
髪を乾かす
天井には
暖房機がフル稼働
さっぱりした
表情の母の面

入浴剤の
湯船に浸かり
ああ、
気持ちが良いわ

極楽・極楽
黄金風呂のよう
ありがとう

息子への
感謝の言葉は
忘れない

湯船で
鼻歌を
歌う
余程気持ちが
良いのだろう

日常
身体の
あちこちが
痛む
痛みの連鎖が製造マシーンのようだ

痛みに
耐えかね
肉体の衰え
苦渋の表情
忘却の世界を彷徨い
精神的ダメージに侵される
一時的
精神的錯乱なのか
自己否定を繰り返す
過去の栄光を顧みず
生きている甲斐がない
人間失格とまで言う

慌てて

火消しに努める
消防士が
勢いよく
燃え上がる
火の粉に
放水するがごとく
言葉の
放水を
頭から
浴びせかけ
消火に努める

やがて
燃え上がる
火の粉は
沈火し
笑顔を取り戻す

建設的な
明るい言葉を
シャワーの如く
体いっぱいに
キラキラと
浴びせかける

百三歳には見えない
容姿だと
力付ける
誉め言葉を
探し
力を込めて
羅列し
言葉を浴びせかける

言葉は浮遊し母の耳の奥深くに届く

過去の
栄光の日々
三基の文学碑
全集
過去の
文芸書の数々
これから
刊行する
本を語る
佐渡金銀山の
世界文化遺産実現への話

明るい
実現可能と思われる
希望を
とめどもなく
湧き出る水の如く

リズミカルに
語るのだ

自信と希望・勇気を
与えることによって
細胞は活性化する

加えて
社会に必要とされている
使命感を語る

愛情の深さ
言葉の力で
ヒトは
笑顔を
取り戻すことが出来る

母の
いつもの笑顔が
湯船の中にあった

□と△

儂は　四角
□の中は
古風の中に
煌びやかさがあり
いぶし銀のように
格調があって
光っている

お前は　三角
△の中は

クリスタルの輝きの中に
三日月が
ひとつ
北斗七星の光で
草原を照らしている

儂の□の中に
お前の△を入れてみよう
儂の中で
お前の鋭角的な
三角の頂点が
三か所
抵抗しながら
儂を鋭く刺す

わたしは
こんな四角張った世界はご免よ

クリスタルの世界で
自由に生きたいの
何よ
こんなおいぼれたような
空間には
一時も居たくないわ
早く　出して！

元気の良い娘さんだ
でもこの囲いの中からは
一歩も
出られんぞ
覚悟せい

よして
早く出しなさい！

△形の面積は
えーと、
底辺×高さ÷2だったな

そんなこと
小学生でも知ってるわよ

お前は
エジプトの　ピラミッドだ
スフィンクスを
用心棒に付けてあげよう

儂はツタンカーメンだ

よく言うわね
年老いた
金色のツタンカーメンなんて

何の魅力もないわよ
よく言うな
仮面を付ければ
年など関係ない
皆おなじよ

三角定規やノギスで測定しても
△は△だ
何ら変わりやしない
儂の
□の中からは
出ることが出来ない
諦めろ

□は
△を抱き込み

少し　動き始めると
転がりはじめて
山峡を勢いよく
転げ落ちる
□は
川に流され
やがて
海の
石ころになった

日常から非日常へ

平日の昼下がり
ファミリーレストラン
客はまばらに
散らばっている

恋人同士が
仲良く
談笑している
男は
終始
甘いマスクで
笑みを投げかけ
足を組み
ゆっくり
ピザをフォークで口に運んでいる
女は
パスタを
上手に
フォークと
スプーンで
器用に口に入れる

二人の
距離感が分からぬまま
店を出て行ってしまった
友達以上恋人未満というところか

遠くの座席で
作業服を着た老齢の男と
背広姿の中年男が
商談をしている
老齢の男は
終始
笑みを絶《た》やさない
上手くいっているようだ

高校生らしき　私服の
二人の女学生が
隅の席で

男友だちの話を
楽しそうに
身振り手振りで
瞳を輝かせ
話している
いつもにこやかな表情だ
彼女らは何に対しても
笑みを忘れない
若さなのだろう
スマートフォンは
外せないツールのようだ
談笑中も手放さない

親子づれの子供たちは
料理そっちのけで
ゲームに夢中
親は
子供たちに
ゲームをやめるように
促すものの
子供は
上の空

不釣り合いの夫婦
奥さんは
気の強そうな女
厚化粧で洋服もそれなりの豪華さで
一見美人
男は
さえない感じの気の弱そうな男
子供の面倒は
奥さんが
手際よくみている
女は

強い
否、逞しく生きている
結婚すると
女は
母性本能を発揮して
家庭をうまく
廻してゆくのだろう

中年の三人組の
おばさんたちは
旅行談議に花を咲かせ
旦那そっちのけで旅行計画

そんな客の中を
ウェイターが
マニュアル通りの応対に忙しい
ピンポン

入口のドアがなる
いらっしゃいませ
今の時間
どちらでも
お好きな席へどうぞ
客は
店内を見渡し
好きな席に着く

眼光鋭い黒服の男が座る
珈琲を頼む
唇に煙草を銜え
ライターで煙草に火をつける
右手の小指がない
ゆらりと紫煙が上がる

日常の平和な場所で

暴力団の抗争の場に
遭遇
ドンパチパーンと　拳銃の乾いた音が響き
修羅場と化す
怒号が飛び
テーブルが倒れ
珈琲と水が床にこぼれる
男の
ワイシャツから
真っ赤な
鮮血が
滲む
新宿歌舞伎町
二十四時間警察が
動く不夜城
遠くで
サイレンが
けたたましく
なっている

逆転の美学

俺の人生は
ネバーギブアップ
お前の人生は
ギブアップ
俺はポジティブ
お前はネガティブ
俺は明朗
お前は陰湿

俺は容姿端麗
お前は不美人草
俺はエバーオンワード
限りなき前進

お前は
マイナス思考の連鎖
負の遺産を
いつも
引きずって生きている

ある日
逆転した
俺とお前

お前は不美人から
魅力的な
みずみずしいおんなに変わった

俺は人生への
輝きを
失い
いつしか
夢遊病者のように
この世を
目的もなく　歩いて
生きている

生きている意味をも顧みず

俺は健康を失い
肉体は
日増しに衰え
崩壊してゆく

精神までも
蝕まれてゆく

一方
お前は
素敵な
恋をして
笑顔をとり戻して
生き生きと生きている

お前は
健康に
満ち溢れ
烈しい
情熱的な
恋をして
肉体の細胞が

活性化し
血潮も
波打って踊っているようだ

俺は
自分が背負ってきた人生は
自分で
けじめをつける

勝者
敗者
は
時の運?
そうじゃないだろう
最後まで
闘いは
終わらない

分からない
健康を
先ずは
維持しなければならない
肉体も精神も壊れる

崩壊した
我が身体を
諦観させてしまうことが
敗者への
第一歩のようだ

だが
俺は　違う
地を這いつくばっても
栄冠　の狭い険しい道を

一歩、一歩　歯を喰いしばってでも
辿り着くまで
生き続ける

それが　自分にとって
どれだけの
価値があるのだろうか？

それでも

何かに取り付かれたかのように
無知を知りながらも
前へ進む
進一層《しんいっそう》

顔の見えないハガキ

南の国から
一枚のハガキが届いた
ハイビスカスの
花の匂いを運んで

送り主は
S・Jの
イニシャルと
紅い口紅でつけた
キスマーク

ハガキの裏は
白紙だった

あなたが
いかようにも
わたしの思いを
熱い心で
書いて読んでくださいね
と言っているようにも
私には
思えた

私は
早速
あなたに
ブルーのインクの
万年筆で　ひとしずく
心を込めた
ハガキを
赤いポストに

投函した
東京から
南の島まで
幾千キロ
私の情熱を乗せて
紙飛行機は
ひらひらと
白い雲の中を
飛んでゆく

青インクで
綴られた
ラブレター

雨で
文字は

滲んで
擦《かす》れて読めない
ブルーなラブレター

君から
送られたハガキも
白紙

私から送った
ハガキも
滲んだ
ブルーの
文様

でも
一枚のハガキには
誰も読めない

二人だけの　読み解ける
愛がある

恋のおわり

ブルーレインが
都会の夜の
乾いた
砂の街に
烈しく
砂嵐のように
降り注ぐ

高層ビルの灯が
砂埃を少しはらんで
悲しく滲んで
浮かんで光っている
ＴＯＫＩＯ

カラスのような
大きく翼を広げた傘に
あなたとわたし
ポツリと
ふたり
並んで
濡れた歩道を
歩いている

襟を立てた
サーモンピンクの
トレンチコートから
仄かな
ＤＩＯＲの香

ＢＭＷのヘッドライトが
眩しくふたりを照らす
水しぶきを上げ
通り過ぎる
赤い車

ほの暗い
酒場のカウンター
あなたは
ピンクレディーのカクテル
わたしは
ダブルの水割り

あなたの細い指には
わたしが
思いを込めて贈った

エジプト古代の
女の顔が描かれた
長方形の
銅《ブロンズ》の　安指輪
わたしにとっては
最大の心のこもった贈り物

肩寄せあい
揺れるランプの炎の中
恋人のよう

遠くで羨望の眼差しで
見つめていた
過去の
あなたが
今　ここにいる
まるで

夢のような　現実

恋することは
罪ですか
愛することは
罰ですか

情熱の
真っ赤な
燃える
華を咲かせたのは
わたし

薔薇の花びらを
非情にも
一枚一枚
冷たく

ちぎり落とすのは
あなた

薔薇の棘は
わたしの心を
深く
鋭く
刺し
赤い鮮血の
涙を流す　わたし
わたしの　愛が
届かなかった日

その日から
慟哭の
日がはじまる

あなたのいない
終わりなき闘いは
わたしの中で
くすぶり続け
いつ終止符を
打つのだろうか

それは
自分自身で
打つしかない

冷たい　ジャックナイフを
首に当て
命を　断つのは
容易だ
だが
わたしは

生き続けなければならない
あなたのために
わたしのために

V字回復

愛
永遠
二人の
世界信じ
生き続けて
薔薇色の世界
疑わずに生きる
世の中は甘くない
薔薇の棘がぐさりと
心臓の奥深く刺さって

抜けない時があるように
男と女の恋の不思議な物語
筋書きのない世界を展開して
ボタンの掛け違いの些細な秘事
奈落の底へと突き進んでゆくのか
洞窟の底から見上げる青空は遥かに
高く澄み渡り一点の曇りもなく広がる
かつての二人の仲を戻せることはなくて
冷たい風が闇夜に吹き続けて通り過ぎ
愛と憎しみの狭間で二人は葛藤する
改めて現実の世界に直面するのだ
これが人生だ現実を直視せよと
ヒトは言うだがそうだろうか
私は疑問を抱く夢物語の中
夢追い人になっているか
天の声にも耳を傾ける
声なき声は意味不明

己で答えをだせよ
お前の人生だよ
誰にも邪魔は
されずによ
きょうを
生きる
己の
為

四文字の競演

合縁奇縁　暗中模索　一日千秋　一陽来復
一生懸命　一触即発　温故知新　花鳥風月
我田引水　起死回生　起承転結　奇想天外
喜怒哀楽　九死一生　窮鼠噛猫　金科玉条
傾国美女　蛍雪之功　言行一致　荒唐無稽

豪放磊落　国士無双　五里霧中　才色兼備
三面六臂　色即是空　時代錯誤　四面楚歌
酒池肉林　順風満帆　諸行無常　支離滅裂
針小棒大　森羅万象　晴耕雨読　論功行賞
千思万考　全身全霊　大器晩成　猪突猛進
沈思黙考　天衣無縫　東奔西走　南船北馬
波瀾万丈　美辞麗句　眉目秀麗　百花繚乱
付和雷同　粉骨砕身　悶絶躃地　唯我独尊
悠悠自適　羊頭狗肉　竜頭蛇尾　田中行明

荒れた海

海は荒海。何をそんなに怒っているのか。荒波が岸壁や荒磯にまで白い波しぶきを吹き上げ押し寄せる。昨日までは、穏やかで波静かな海が豹変する。ゴーゴーと音を立て海風に乗って幾重にも波は吠え続ける。漁船も船着き場で、ロープに繋がれて、漁を待つ。海が時化ると、漁の仕事は出来ない。海よ海、お前の怒りを収めるには、どうしたら良いのか？　浜のべっぴん娘でも海に放り投げ与えればいいのか？　それとも、漁獲したばかりのタイやマグロ・ウニ・えびなどを海に戻せばよいのか？　教えてくれ。天は灰色の雲に覆われ、不気味な流れを見せる。曇った地平線には、天と海が一緒になる。地平線が弧となる。海が割れる程海の怒りはない。ただ海の怒りが終息するまで漁民たちは、日に焼けた老人の顔を海に向け、澄んだ瞳で海を見つめるしかない。沈黙の表情の先には、漁場で網を引く漁師たちの顔がある。

痛みに耐えかねて

私の身体は、今・絶不調。かつての健康な身体は、いつ戻るのだろうか？　過去の自分が懐かしい。朝・昼・夜と薬漬け。薬物中毒のよう。一粒でも減らすように調整しなければなるまい。医者とどの薬が適合するのか「にらめっこ」。人体実験の先にあるのは、健康という二文字。副作用も顧みず、痛さに耐えかね服用する。こんな長い付き合いは、ご免だ。苦渋に満ちた悪夢からの解放はいつぞやら。過去の平和で健康だった日々は、いつ再び訪れるのだろう。

模索する詩人

どれだけの詩を書けば良いのか？　書いても書いてもゴミ箱に捨てられてゆく。脳髄に残っている言葉はこんなものか？　これだけではないだろう。何故もっと語彙を鋭い切り口で書けないものか？　それは詰まる所、詩人の才能に委ねられる。努力して、幾百・幾千の言葉を羅列したところで、言葉のゴミになってしまう。燃えるゴミに終末を迎えることは忝《かたじけな》い。血を吐いても、一篇でも満足のゆく詩を書きたい。そこにはどんな世界が生まれるのだろうか？　ひときわ煌めいて、重厚で揺るぎない人の心を揺さぶる詩であって欲しい。その詩は、一過性の物ではなく、後世にまで読み継がれるものであって欲しい。切磋琢磨して自分の詩を書くしかない。お前の詩は、白紙が最高傑作だ。と言われないように……

季節の女たち（十二人の泳ぐ女）

一月の女　子・睦月　ガーネット
雪女のように肌白く怪しげな人
新年の気持ち新たに恋に邁進する女

二月の女　丑・如月　アメジスト
吹雪降る中、相合傘で愛情を確かめる
女。見返り美人のような女

三月の女　寅・弥生　アクアマリン
雪解けで陽炎揺れ春を待つ女
そよそよと風に吹かれ後れ毛優し

四月の女　卯・卯月　ダイヤモンド
桜満開　川べりに立つ桜色の女
散るも潔し　桜吹雪かな

五月の女　辰・皐月　エメラルド
五月晴れ　こいのぼり泳ぐ大空
テラスで恋人に筆とり恋文を書く女

六月の女　巳・水無月　真珠
長梅雨に　しっとり濡れる肌合わせ
てるてるぼうず　吊るす軒下の女

七月の女　午・文月　ルビー
海辺にて　自慢の肢体　ビキニ姿の女
恋人少したじろぎ他人の目　嫉妬する

八月の女　未・葉月　サードニックス

真夏の太陽　小麦色の女
失恋など入道雲に　乗せて連れて行ってと
九月の女　申・長月　サファイア
初秋　色づく季節　わたし　どんな色に染まろ
うかしら　それはあなた次第と告げる女
十月の女　酉・神無月　オパール
錦秋の季節　秋深し　お洒落して
銀座の和光で　ショッピングする女
十一月の女　戌・霜月　トパーズ
晩秋　枯れ葉舞い散る　表参道
センチメンタル　ＴＯＫＩＯの女
十二月の女　亥・師走　ターコイズ
今年の総括は吉　クリスマス・イブも吉
除夜の鐘聞き年越し　我が道を行く女

十二人の女たちは、それぞれの個性と、主義主張を持ちながら、自分サイズの価値観で、この世の中を危なげに泳いで、生きている。

幻の演奏会

ここはドイツの
中世からの建物が数多く残る
ある都市
外は小雪が降り
木組みの家並みや
教会の屋根には
薄《うっす》らと
白い雪が積もっている

教会の鐘の
カラーン　カラーンという
歴史を重ねた音が
街に響く

近代的な
音楽ホールで
音楽会が開かれる

開演前のホールでは
老若男女の観客達が
着飾った衣装で
談笑に華が咲く
太い葉巻を喫う老人
葉巻の強烈な匂いが
周囲に漂う

男女の
片手には
白・赤の
ドイツワインが
ワイングラスに
揺れている

ドイツ人は
男も女も
飛び出た　高い鼻を持っている
東洋人にはない鼻だ
体格も良く
ドイツワイン
ドイツビール
フランクフルト・ソーセージ
肉とジャガイモ・チーズ

などのドイツ料理で
育まれた　体格なのだろう

わたしはひとり
ホテルから
和服に着替え
タクシーで
音楽ホールに出かけた

ホールでは
和服姿の日本人がいると好奇な眼で見られ
グーテンアーベント（こんばんは）と
声を掛けられ
ヤーパン　ヤーパンという声が
あちら　こちらから聞こえてくる
ロングドレスの
華やかな女性たちに囲まれ

日本の文化を伝える

開演五分前で
会場に入る
会場は　一、二階とも満席
わたしは
一階中央の指定席に座る

緞帳が上げられ
既に　オーケストラは
指定のパートに腰かけている
中央に黒い
グランドピアノが置かれている

舞台上手から
白髪の指揮者と
スタイルの良い

女性ピアニストが登場
割れんばかりの拍手が起こる
指揮者がオーケストラの
中央の一段高いステージに立つ
ピアニストが座る

会場は
緊張に包まれる
開演前に
ゴホン　ゴホンと
咳をする観客

今日のステージは
チャイコフスキー
ピアノ協奏曲第一番変ロ短調と
フランツ・リストのピアノ曲
ラ・カンパネラ

演奏が始まる
指揮者が
頭を左右に振り
タクトを楽団員に向ける

荘厳なる
チャイコフスキーの
ピアノ曲が流れているようだ
ようだというのは
わたしの耳には
一音も
聴こえてこない
まさか
このオーケストラは
エアーで演奏しているのか
隣の席の客に

尋ねてみようと
顔を向け
口を開けようとすると
唇に太い指を縦に一本当て
シーッと注意を促す

これは　本物だ
何故私には聞こえてこないのか?
左右の耳の穴を
指でほじくる
何か異物でも詰まっているのか
何もない

わたしは
九十分余りの
演奏会を
無音のまま
時間を過ごした

演奏が終わると
客席は
スタンディングオベーション
総立ちだ
ブラボー　ブラボー
という声だけが聞こえた
わたしは　ひとり
座席に座ったまま
茫然としたまま
戦慄の冷たい汗を流していた

アイネンシェーネンターク
(良い一日を)
ダンケシェーン
(ありがとう)

チュース　（さようなら）と
満足そうな顔をした
観客たちは
家路へと帰ってゆく

わたしは
ひとり
下着に　汗を　びっしょり
濡らしながら
タクシーを拾い
ホテルに戻った

詩集『聖・性典』（二〇二一年）抄

第一章　青い薔薇

君と僕

君と
僕
アパートの
一室で
結ばれた

君は
十六歳
僕

十七歳
僕
童貞
君
経験者

初めての
経験は
感動もなく
あっという間に
終わった

君は
優しく
微笑み
僕に
熱い

口づけをした

真っ赤な
西日が射す
夕暮れの
窓辺に
硝子の
花瓶
深紅な
薔薇の花が
飾られている
僕の
心には
鋭い
棘が
突き刺さったままだ

銀幕に輝く女たち

一九六二年
ピンク映画の第一号は
「肉体の市場」
ピンク映画は
低予算　三〇〇万
二晩徹夜で
三日で撮影完了
こんな悪条件で
俺たちに
良い作品が作れる筈がない

そんな中で
日本初のポルノ女優
池玲子が誕生

ピンク映画から
一九七一年
あの日活から
日活ロマンポルノが生まれた
衝撃だった
白川和子・宮下順子らの女優陣がいる

谷ナオミは
初代「ＳＭの女王」と言われ
団鬼六の「花と蛇」などに出演
ＳＭの妖しい世界
豊満な白い裸体に
容赦なく
荒縄が食い込む
苦痛の表情と
相反する

快感
エロティシズムが
銀幕に大きく映し出される

谷ナオミは
「薔薇の肉体」で
日本アカデミー賞
最優秀主演女優賞を受賞
ポルノ女優と侮るなかれ

若松孝二監督は
一九六五年
「壁の中の秘事」で
ベルリン国際映画祭に出品
その他
「実録・連合赤軍あさま山荘への道程」など
社会性のある
気骨の問題作品を
世に送り出している

ピンク映画最盛期は
一九八〇年前半
一九八〇年後半は
より過激な
アダルトビデオが　台頭し
市場を奪われてゆく

ピンク映画に始まり
ロマンポルノ
そうして
時代は
アダルトビデオに移行

アダルトビデオの

圧倒的数量の多さと
バラエティーの豊かさ
雨後のタケノコのように
次から次へと旬の
新人女優が再生産されてゆく
銀幕のスターが生まれては
消えてゆく
生き残れる　スターは
ほんの
一握りである

女優たちが
繰り返し顔を変えてゆく
この
構造は
これからも
変わることはないだろう

潜在的女優群には
不自由しない
幻想としての
スターを夢見る
娘たちがいる限り
また
彼女たちにとって
出演料のギャラも
魅力が
あるのだろう

毎月のように
飽くことなく
新着ビデオが制作され
スポーツ紙などで
話題性を提供している

アダルトビデオの限界性は
映倫との攻防
しかし
非合法の
裏ビデオがある以上
合法の
アダルトビデオは
勝負できる
二極化時代を　生き残れる
プライドのカケラは無くても
自信が　彼らには　きっとあるのだろう

今日もビデオの前の
不特定多数の　観客たちに
刺激的な性夢を与える

第二章　ローズ　マリー

春売るおんな

今日も
私は
春売るおんな

女子大に通いながら
バイト感覚で
安易に
春売るおんな

地方から
都会に出てきた

おんなは
親から解放され
自由奔放に
生きている

デリヘルで
リスクを考えずに
短絡的に
ホテルへ
向かう

客から
渡された
何枚かの
紙幣が
洋服に
飲食代に　遊興費にと
消えてゆく

両親は
娘の
行動は知らない
罪なことだ

事件が起きた
ホテルの
一室で
若い
おんなが
首を絞められ　裸で
殺された

新聞の社会面に
小さな

記事が掲載された
テレビの
ワイドショーや
週刊誌に
女子大生の
記事が
踊った

おんなの
顚末は
あっけなく
十代の　短い命を
落としてしまった
女死大生となる

性を拒否する夫婦

今夜も
夫は
私に
背を向けて
寝ている

セックスレス
いつの日から
夫婦の間で
こんな
関係になって
しまったのだろうか?

若かりし頃

あんなに
烈しく
何度も　毎晩
燃え尽きるまで
快楽を　求め
楽しんでいたのに…

今じゃ
あの情熱も消え去り
何処に…
風前の灯

夫は
銀行員
私は
スーパーの派遣店員

夫は
中間管理職
仕事で
神経を
すり減らし
私は
子育てを終え
一人娘を
嫁がせている

夫は
帰宅すると
風呂を浴び
冷蔵庫から
勝手に
一人で
ビールを取り出して

飲んでいる
私が用意した
食事を無言で済ませ
ベッドにもぐりこむ
私は
夫の背中をみて
寝る
何年も…

夫に甘えて
求めてみるが
疲れている
の一言で
氷のような
幕が降ろされた

セックスレスが
何年も
続いている

閉経した
熟れた
五十代の
欲求不満の
肉体を
何で満たせばよいの
アルコールが
ひと時の刹那な
酔いを誘い
癒やしてくれる

夫を
裏切ってまで
不倫するほどの

勇気もない

小市民的
日常を
他人の奥様同様に
普通の顔をして
過ごしている

私には
女の魅力が
ないのだろうか?

そうだ
目一杯
お洒落して
化粧を念入りにして
鏡台の

奥に仕舞いこんで忘れていた
シャネルの香水を
何年ぶりかで
降り注ぎ
娼婦のように
黒い下着を身に着け
夫を
誘惑してやろう

お前どうしたんだ?
不倫でもしているのか?
冷たい蔑視の
視線が私の胸に強く突き刺さり
屈辱的な言葉が
浴びせられる

こんな

男に
抱かれたくない

この先
不安で
自分が
みじめで
離婚という
二文字が
頭を過《よぎ》る
愛は死語となる

第三章　男と女

倒錯

性との
向き合い方は
十人十色
趣味嗜好
いろいろな
接し方・メソッドがある

社会通念上
性道徳から
逸脱した性
これらは
愛の病理だろうか

異常性欲
フェティシズム
サディズム
マゾヒズム
ナルシシズム
変態と
揶揄されながらも
さまざまな
性のかたちが
交錯して
混在する　現実
カオスの世界の
虚と実像

誰もが
程度の差こそあれ

秘める　行為がある
有害　無害あれど
人の数ほど
異なった
愛し方がある
果たして
正しい行為とは
有るものだろうか…

倒錯
といえども
時代や
文化
価値観で
その歴史的
変遷は
ゆっくりと

変容して
姿を
塗り替えられてゆく
だが
底流に淀んで
残るのは
本質としての
性である

あなたは　だれ

あなたは　だれ
わたしは　ミスター・レディー
横文字の　ヒト?
そう
わたしは
本物の女より
女らしく
ミスター・レディーを生きているの
差別用語の
オカマと呼ばれる
時代は過ぎ
ミスター・レディーに生まれ変わったの
陰湿な　言葉から
明るく　可愛らしい
イメージでしょ
そうね
少し　進化したようね
でも　未だ何か
しっくり行かないわ

その後
ニューハーフという

言葉が生まれた
呼び方は
変遷の
歴史を繰り返している

言葉は
時代と共に
生きている　生き物である
旬の物もあれば
過去に置き忘れ去られてゆく
運命の
ものもある

政治家の得意とする
意図的な
解釈論で
非を
正当化するのと違い
言葉は
世の中の
自然な
趨勢で
時に
否定形を
肯定形に
真逆に
変える
生き物

言葉は
摩訶不思議な
力を持っている

社会も

それを
自然と　受け入れている
ニューハーフは
果たして
市民権を
得られている
存在なのだろうか?
それでも
彼らは
当然
生きる権利もあり
ゴーイング　マイウェイ
で生きるしかない
彼らにとっては
現代は生きやすい
社会なのだろうか

聖なるもの…

聖なるもの　性
性は快楽と苦痛
性は高尚で猥褻なもの
性行為は神聖で
新しい命を生み出す
神秘の生の誕生は
神の領域に属するもの
生の継承は
人類にとって
必要不可欠なもの

快楽のみに
無貞操に
性を捉える者は
性の神のしっぺ返しを
受けることがある
性の病に侵され
悩み苦しむことがある
そればかりか
死に至ることもある
性に溺れることなく
性と真摯に対峙して
向き合うことが
性を尊重することでもある

性への
計り知れない
奥深さ　多様さ

そうした
混沌さの中で
性と付き合って　生きて行く

本能と理性の葛藤
ノーマルとアブノーマルの
狭間で　心は揺れ動き
着地点は　己で決めるもの
そんな冷静な判断は
行為の中で可能なのか
本能のままに
突き進み
果てた後に
振り返る性などは
ナンセンス
だが
人間は

獣と違って
学習能力があるもの
次のステージで
学習効果が表れるもの

聖なる性は
何処でも
永遠に尊いもの
そう　信じたい

第四章　崩れ行く地球

混沌

街は億年の輝きを放つペルソナの光。ペガサスが男と女の物語に寄り添っている。カオスの世の中は、男も女も時空を手探りで模索しながら、遊泳して生きている。男と女の間には、愛というエビデンスは不要だ。プロセスもナンセンスだ。行為と死があればそれでよい。不毛のセンチメンタリズムは無用だ。闇夜に照らされて、森に囲まれ鈍く鉛色に光る、黒い湖の奥深くに、投げ捨ててしまえばよいだけだ。だが、一方、二つの裸体は、恥部を晒し絡み合い、生温かな粘液とほとばしる汗の粒子に塗れ脈々と息づいている。肉の塊と肉の塊との激しいバトル。魂の闘いがある。そこには一瞬の誤魔化しもない。真理という崇高なカケラが転がっている。性愛の螺旋階段を昇ると、何が見えてくるのか？　支配と服従。ノン、そこには煌びやかなエクスタシーが、満ち溢れている。愛の賛歌・楽園なのか？　だが、幻想と思われるエクスタシーは、いつまでも余韻を残して永遠に続く訳ではない。ユートピアな世界から、現実に引き戻され虚無な己を知る。

さまざまな愛

この世とは、LGBTの混沌する世界。誰にもこの世界は止められない。セクシャルマイノリティと言われても、カミングアウトしても世の中、そう簡単には受け入れられない層が存在する。アナログと一言では語れない。日常生活で、オカマ・ホモ・レズと差別用語が無神経に飛び交い、セクシャルハラスメントに耐えている彼らには、忍耐しかないのだろうか？　否、アイデンティティーとプライドがあれば容易に乗り切れる時代だ。かつて、六〇年代後半から七〇年代前半、ウーマンリブ運動が華やかだった。多様な性が混沌と溢れている時代、フェミニズムはジェンダーの原点でもある。隣のおねえさんはレズ。僕にポケットからキャンディを取り出し、僕の頭を撫でてくれる優しいおねえさん。ある日、背の高い男装の麗人が、おねえさんを真っ赤なスポーツカーで迎えに来た。おねえさんは、僕に見せたことのない笑顔で、彼女を迎え入れ、熱い抱擁とキッスを交していた。僕は何故か男装の麗人にジェラシーを感じた幼い日。日が暮れる頃、安アパートの二階から、女装した男が急な階段を下りてくる。高いヒールが危なげだ。ロングの茶髪の鬘を被り、ピンクのワンピースにワインレッドのジャケットを羽織っている。胸の膨らみも少し感じられる。ジャケットの肩からは、ヴィトンのバッグ。ロングヘアーから覗く、真っ赤な大きな口紅の色が光って濡れて印象的だった。今宵は、どんな男に抱かれ、一夜限りの泡沫《うたかた》の夢を見せてくれるのだろうか？

真夏の太陽が眩しい湘南の海。沖には白い帆のヨットが何隻も青い海に浮かんでいる。砂浜のパラソルには、潮風に吹かれたビキニ姿の二人連れの若い娘たち。ハイネケンの空き缶と、マルボロの吸いかけの煙草が無造作にテーブルに置かれている。近くの浜辺では、マッチョの男二人が、お互いの身体にオイルをテカテカ塗り付け、真夏の太陽に身体を晒している。ビキニの短いパンツからは、もっこりと、異物が盛り上がっている。二人の片手は強い絆で結ばれ、足元にさざ波が押し寄せて来ても離さない。貝殻のカケラが浜辺に流されてくる。真昼の熱い太陽に、影はない。

詩集『華化粧』（二〇二二年）抄

第一章

恐怖

樹液の匂う森の中から、狂った果実の実を取り出し口にする。苦みと甘みが混在した複雑な香りと味。果実の中から子宮と乳房が飛び出してきた。子宮から生まれた子は乳房にしがみつきむさぼるように乳首を吸っている。
森に生息する猛禽類たちは、その子供を鋭い眼を輝かせ狙っている。枝に止まった猛禽類の爪は鋭く、いつ飛び出そうかとその瞬間を待っている。
冷たい北風が吹く冬の季節。

命のともしび

精子と卵子が結ばれ女体に新しい生命が宿った。女体の神秘。十月十日で女体の産道から赤ん坊が産み落とされた。赤子は母親の乳房に小さな唇を寄せ乳首を貪った。神童としての赤子はこの地球で果たして幸せな人生を送れるのだろうか？　戦争・テロ・難民・コロナ・宗教・人種・環境・温暖化・災害・少子化・差別・格差・食糧・人口減少・健康と数多の難問題が行く手には山積している。そうした厳しい環境下でも「命のともしび」は光り輝くのだろうか？　世界は、神の手を借りずとも科学技術の進歩と調和によって世界をマクロ的視野に捉えることのできるオールマイティーのカリスマ的人材の出現を待ち望んでいるのかもしれない。命の灯がともる日を。

虚脱感

どれだけ
努力すればよいのだろう
どれだけ
見えない
苦渋の黒い血を流せばよいのだろう
八方ふさがりの今
どれだけ
死に物狂いで
行動すれば
目的が
達成されるのだろう

試行錯誤の結果の
答えは

いつも
虚無
虚しい結果に
終わる

恋地獄

禁断の恋
誘惑の罠にとらわれ
抜け出そうとしても
抜け出せない
蟻地獄
魔性の女との恋は
熱く真っ赤に燃える
命の炎のふるえ
甘い陶酔
肉欲に溺れ
理性を失い
邁進する
暴走の恋
止めて欲しい
消して欲しい……が
却って勢いを増す
荒れ狂う　恋の嵐
不条理な愛に熱烈に燃え
苦汁を舐める
恋地獄

ピュアな……愛

人を好きになる　愛する　恋する　溺愛する
殺したくなる程支離滅裂の恋に陥る

阿部定以上に
人肉を食べたくなるほど狂乱の倒錯した世界に陥
る
それは猟奇な狂った世界
凶悪犯罪　殺人罪
一途な恋の果てはデンジャラス

純愛は　現代死語になっているのか
穢れを知らない　処女の乙女には
今でも連綿と　ピュアな精神が
そこらへんのどぶ板あたりに転がり落ちている
手にしようとすれば　いつでも　どこでも　誰で
も
手にすることができる

だがその精神を
自分の中に
共有　一体化することは
誰しもが容易にできることではない

純愛は　穢れを知らない乙女や少年の
独占物ではない

瞬間風速的に
老若男女等しく　年齢を　超越して
純愛の突風が吹くことがある

それは　気まぐれの又三郎
そんなことはない
老人たちにさえ　忘却していた純愛が蘇り
己の手に取り戻すことができる

純愛は確かに存在することがある

それには　純愛のでこぼこの原石に立ち戻ること
　が必要だ
原石を磨きダイヤモンドと化す

泥まみれに生きてきた己の人生
果たしてリセットをしてその立ち位置に立つこと
　ができるであろうか

あろうはずもない
その者にはひとかけらの権利もない
今さら何を言っているんだい　お前さん
純愛だって？　ふざけんなよ　笑わせんなよ
そんなもの遠い過去に置き忘れて捨てて来てしま
　ったよ
今では　情熱のカケラもない
面倒くさいぜ　今更なんだよ
そんなお遊びの時間はわたしにゃ皆無

そんなことより現実の生活が最優先する
今を生きるのに精一杯な者には愛も　恋も　純愛
　も　ナンセンス　邪道だ
愛なんかで　精神は充足しても　お腹を満たすこ
　となんか出来やしない
そうだろう？　愛より　パンを！

愛は神が与えてくれたもの？
生と死

あなたの呼吸に合わせて　波動に合わせて
息苦しく　私も生きる

あなたの　鼓動が止まる時
私も静かに　あなたのからだに身を寄せ
至福の死を待つ

世界の　無表情で冷徹な　死んでゆく時の刻まれた流れが無慈悲に止まり
無色透明の　匂いもない　限りない世界が　静かに沈んでゆく

手

手には
その人の　生きてきた
歴史　顔がある

彫刻家の
粘土をこねる
逞しい手

野球選手が
手のひらを広げれば
素振りから生まれる
幾つものまめが現れる両手

空手家の手は屈強だ
正拳のこぶしを握り
木に藁を巻いて
突きを
打ち続け
人指し指と
中指に
ポッコリと
膨らんだ
拳ダコができる
一撃必殺の空手

漁師の手には
荒海にもまれ
必死で網をひく
日に焼けた
潮の匂いが沁み込んだ
力強さがある

手のモデル
若い女性の手には
彫刻家高村光太郎の
作品「手」とは違った
長い指が細く伸び
魅了する

大工の手には
家屋を何棟も建ててきた
自信と誇りの
分厚さがある

文筆家の手には
中指に
筆ダコがある

老人の手には
人生を生きてきた
悲喜こもごもの
消しようもない
深い皺が刻まれている
過去の歴史を物語っている

若く見える
女優でも
手の表情を見ると
女の　年輪を感じる

年齢は　隠しようもない
人の手は
その人の歴史時間を
如実に表し
誤魔化すことができない
魔法の手など
何処にも
存在しない
あるとすれば手品師の手だ

地震

地面が割れ過去最大級のM９の地震が、２０１１年３月11日東北地方を襲った。地震に伴う津波が、太平洋沿岸に押し寄せてきた。福島には六基の原子力発電所がある。１・２・３号機がメルトダウンして１・３・４号機が水素爆発した。日本の原発史上最悪の悲劇が起こった。原発の安全神話はもろくも崩れ去った。原発は安全だとオウムのように唱えていた東電・政府・御用学者たち。莫大な費用を広告宣伝費に充当してきた。国民は洗脳され、まさに彼らの論理に騙され、取り返しのつかない代償を払った。安易な責任をとって解決する問題ではない。深刻な局面に十分な対応が出来たであろうか？　はなはだ疑問だ。勿論、善意ある内外の人々も大勢いることは確かだ。その一方で、原発に群がる利権者たち。原発事故を食い物にする業者。あってはならない火事場泥棒。コンビニのＡＴＭを破壊して現金を盗む。商品を盗む。目を疑いたくなる光景が現実にある。無人の家々を物色して金品を盗む。かつて、このような卑劣な人間はいなかったであろう。災害に遭いその上の被害。二重苦。許されることではない。災害・復興のつけは、常に国民に廻って来る。放射性物質が放出され、家と土地を余儀なく追われ、着の身着のままで避難する民。津波で家屋と家族・友人・知人・職を失い路頭に迷う多くの民の群れ。大自然の圧倒的力の凄さを見せつけられ茫然とする市民。小名浜港には、大型漁船が何隻も栈橋に打ち上げられ、船底を晒している。まるで冷凍の大型マグロが陸《おか》に上げられ腹を見せ転がっているようだ。浜辺近くの家は流され、車も横転している。瓦礫の街だ。三十年以内には、首都直下型地震が起こると言われて久しい。明日起きても不思議ではない。木造住宅が密集する地区では、火事が多発する。消防自動車もキャパもなく渋滞で身動きが取れない。また、ゼロメートル地帯では水害の心配もある。川が氾濫して収拾がつかない。東京では、二万三千人もの犠牲者が予測されている。日本全国に散らばる活断層。地震が活断層を刺激・誘発して富士山の大爆発も考えられる。南海トラフの心配もある。地震大国日本は、将来生き残れるのだろうか？　首都直下型や南海トラフ型が発生した場合、日本経済の大打撃・行政の機能喪失・大パニックが起きても不思議ではない。今から備えるしかないが、大地震の前には人間は無力とも思われる。だが生き残るためには、政府・行政・自治体・企業・国民がベクトルを合わせてその時に備えるしかない。大規模な国民的避難訓練や、地震対策の啓蒙が必要な時期が来ている。自分の命は自分で守る。食料・水・防災用品の確保が必要だ。いざという時の備えは必要だ。地震が来るたびに、これ以上の大きな地震が来ないことを祈って、テレビのニュース速報に目を走らせる。大地震が発生しないことだけを祈るのでは、何の解決にもならない。国民一人一人が自分を守らなければならない。備えあれば憂いなしだ。

あれから10年

2011年3月11日午後2時46分。あれから10年。東日本大震災は、被災者の脳髄の奥深くに、今も悪魔の爪跡の残像を引きずって生き続けている。悪夢なのか？　悪夢なんかじゃない。この現実をしっかりと、目を見開き直視せよ。平和な日常を暮らしていた岩手・宮城・福島を中心とした県民たちは、突然予期せぬ震災に見舞われ、地震・津波・原発事故・風評被害と苦渋の思いを強いられた。政府・東電・御用学者らによる安全神話は見事に木っ端微塵に崩壊した。原発さえなければ放射能被害は防げた。故郷へ帰りたくても帰れない。14メートルを超す津波が原発を襲い、水素爆発・メルトダウンを起こした。東京消防庁が決死の放水作業をしても、またヘリコプターからの雀の涙の放水も全く効果がない。俺のかあちゃんが目の前で津波に流されてゆく。悲痛な悲鳴を上げながら、濁流に呑み込まれてゆく。救いを求め白い手を天空に突き上げていたが、何も助けることができない無念さ。午前中まで大声で笑い元気だったのに。かあちゃんの命は予期せぬ死を迎えた。余りにも不条理な死だ。生き地獄を見てしまった。瓦礫と化した荒廃した土地に一軒の家屋。家の前には白い救急車が一台止まり、消防隊員と警察官が静寂の中数人。自衛隊員が大型ショベルカーの爪を立てる。家屋はバリバリと音をたてながら崩壊してゆく。むなしい土埃が、東北の空を舞う。30分もすると家の原形が崩れ始め無惨な姿となる。やがて担架が家の中に運ばれ、毛布に包まれた遺体が救急車へ搬入されてゆく。合掌。救急車は赤色灯を廻しながら浜辺を走り去ってゆく。死者１５８９９名。行方不明者２５２６人。瓦礫などにぶつかり手首だけ・片足しかない遺体が数多く存在する。目を覆いたくなる光景だ。一度原発事故が起こると取り返しのつかない大惨事を生む。ヒトへの放射能汚染・汚染水・核廃棄物・農水産物への被害・風評被害・被災民間の格差・差別など有形無形の負の遺産が、後世にまで傷跡を残す。それでも原発ゼロにしない政府。代替え自然エネルギーの推進を加速度的に実施せよ。笛吹けど踊らぬ為政者に鉄槌を下したい。放射能を逃れて年老いた母と東京で避難生活を送る。避難民への内外からの熱き支援に支えられる。有難い限りである。いつぞやこの御恩返しは、人生の宿題としてある。５年の歳月が無情に過ぎた。帰郷する日が来た。トラックに5年分の荷物を積み複雑な想いで都を後にした。故郷の山河・海はいつものように穏やかな表情で横たわっていた。堤防がかさ上げされて、海の景観が損なわれていた。復興で、高台への住居建設・街造りが行われている。原発の廃炉問題は、いつ終止符を打つのだろうか？　廃炉までのプロセスには幾多の難問がある。あれから10年。これから10年。明るい未来は訪れるのであろうか？　思いがけないコロナ禍、新型コロナ・デルタ株・オミクロン株が世界に蔓延。ワクチンは大丈夫か？　未来への果てしなき不安は募《つの》るばかりである。そう考えるのは私だけではあるまい。

第二章

華化粧

君には
美し過ぎて危険で近寄れない
嫉妬の嵐を耐え忍び
熱き情念を燃焼する
狂う程に魂を揺さぶられ
この愛を君に捧げん
君は煌めく美の華化粧
妖艶な色香を漂わせ
男心を惑わす
だが
黒色の固い果実と
純白な花びらを重ね
死への葬列へと誘う
燃え滾る真っ赤な
滴り落ちる毒と
鋭い牙のような棘を武器に
男には犯されない
ひとり白濁の陶酔の世界に身を置く

見えない華

今まで
草原に
咲き乱れていた
何種類もの
原色の
花々が

突然　消えた
無色透明
何処へ行ってしまったのだろうか

草原に冷たく流れる
白い霧のせいだろうか
否、そんなことはない
私の視界には
確かに
鮮やかな華の海が
風に吹かれて
波を打ち
広がり咲いていた

海華は何処へ？
深海に沈んでしまったのか
ラ・メール（海）の神の仕業？

幻想だろうか
悪夢なのか
定かではない

私の視界に広がる
スクリーンは真っ白
静寂だけが支配する
無の世界

100号の
キャンバスに
描いた
草原の
色とりどりの
華の乱舞が気に入らず
白い絵の具をぶちまけ
消し去った後なのか

キャンバスには
ナイフで削り取った
傷跡が　痛々しく残されている

私には
現実と　非現実の判断が
不可能
思考停止
私の狂った
脳髄は
サタンに犯されて
しまったのであろうか

百合

野に咲く百合
風に揺られて
小首を傾げ左右に
振っている

山百合は
誰に見せるわけでもないのに
けなげに
自分自身を
精一杯
咲き乱れさせて
生きている

ビュフェの描く

百合の花は
力強い黒線で描かれ
存在感がある
凜々《りり》しく
静寂の中に
凜と咲いている
現実の百合ではなく
それを超える
百合の花

芸術は
本物との
乖離を超える

かすみそう

可憐な小さな花
かすみそう
控えめで
自己主張せず
他の花々に
色を添え
花々を盛り上げ引き立てる
名演出家

あなたが
ゐなければ
私たちの
魅力を
たれも

引き出してくれない
あなたは
とても
貴重な存在

でもあなたは
単独《ひとり》でも
生きられるのよね
私たちの
華やかな花々が無くても
存在感があるのよね
あなたが
枯れても　枯れない
あなたは
命をつなぐ水が無くても
ドライフラワーとなり
死んでも　生き続けている

シクラメン

窓辺の
ガラス越しに
凛と咲く
白いシクラメン

太陽の陽を浴びて
貴婦人のような
気品ある
シクラメン

小さな
幾つもの
つぼみが
また　ひとつ

花開く
花びらの
ひとひらの
優しい
重なり
あなたに似て

朝顔

夏の早朝
垣根の
蔓に咲く
朝顔に
朝日が当たり
朝露の粒子が濡れて
球体が光っている

朝顔には
季節の色が
鮮やかに
投影されている

子どもたちが
連れだって
夏休みの
ラジオ体操の帰り
垣根の
朝顔に目を止め
何やら
女の子同士
笑顔で語っている

朝顔は
優しく
子どもたちに語らい
見守っている

夏祭り
浴衣姿の
顔のない娘が
ヨーヨーを下げ
垣根の
朝顔の前を通る

道行く人たちにも
夏の日の
涼を与えてくれる
紫の
朝顔

秋桜

春
庭に　秋桜の種を蒔いた
夏に
秋桜の花が咲いた

赤　白　ピンク　黄色
色とりどりの
カラフルな
草花の　調和された
競演

庭が
パッと
カラフルな

色が添えられ
明るくなった

細く
長い茎
風に吹かれても
秋桜は
芯が強く
優しく
こちらを
見つめ
揺らいでいる

第三章

愛の果て

オーギュスト・ロダンとの愛に破れた
美貌の彫刻家
カミーユ・クローデル

二十世紀最大の彫刻家のひとり
師を持たない
独創的な　自由な表現力を発揮していた

運命的な出会いは
オーギュスト・ロダン
師弟関係から

彼の
モデルとなる

恋の遍歴は
ロダンの内妻との
三角関係
ロダンに
離婚も受け入れられず
破局

ドビュッシーとの恋に陥る
その恋も
ロダンの嫉妬に見舞われる

やがて　ドビュッシーとの離別
彼はカミーユのブロンズ像「ワルツ」を
部屋に飾り続けていた

カミーユに
未練があった

ロダンとカミーユの関係は
亀裂を生じる
ドビュッシーとの関係への嫉妬
カミーユの自尊心が強まり
ロダンからの自立を試みる
だが
カミーユが
ロダンに寄せる思いは強く
作品「分別盛り」に表現されている
自尊心が強く高慢なカミーユが
ロダンに跪き嘆願・屈服しても
ロダンにその愛が届かない
悲運な恋に終わる

ロダンと離別後の
カミーユは
アトリエに引きこもる
孤独　失意　貧困
幻覚　被害妄想に見舞われ
精神障害を起こす

精神科の病院での
三十年にもわたる
長き闘病生活は
残酷で悲劇だった

七十八歳十ヵ月の
哀しい　壮絶な
生涯を閉じた

ひとつに

私は
目をつぶり
七つの海を　飛び越えて
地球の上に　立つ
丸い地球は　平面に見える
更に
上へ上へと　目指す
やっと
宇宙の入口に到着する
宇宙は
飛来する
人工衛星の　ゴミだらけ
遠くで見る
地球は　ほんとうに

青く　美しかった
それなのに
何故
人々は
宗教　思想　人種　民族　領土　格差
貧困　難民　経済体制でいがみ合い
無駄な血を流すのか
ひとつになれないのか
内戦　テロ　戦争　ミサイル発射という
暴挙に駆り立てられるのだろうか
地球を　温暖化で壊し
乱開発で　秩序を乱し
食糧不足　医療格差
少子化で労働力人口を減少させ
ロボットの多用で
人の職を奪ってゆく
病める地球は

ひとつに　固まって
ベクトルを　合わせて
生きてゆくしかない
全地球人がひとつの塊になって
知恵を絞り　生きてゆく
時には　文明の利器
スーパーコンピューターに
依存することもあるであろう

私は　愛したい
この平和な地球を
永遠《とわ》に

老木

年を重ねた　老木一本

大地に根を張り
原野に立っている
風雪に耐え
どれだけ
年輪を重ねたのだろうか
幹は太いが
樹皮には　疲労が見られ
勢いがなく
やせ細った
枝は弱々しい
いつ
枯れて朽ちてしまうのか

今では
カラスの
止まり木なのか

長雨に打たれ
老木は
命の水を与えられ
太陽の恵みを受け
肥沃の土地から
小枝が伸び
新芽が　吹き出す
新しい命の芽生え

かつてのように
威風堂々とした
大樹ではないが
生きる望みを　まだ
捨ててはいない
老いてはいるが
樹齢の誇りがある

だが
雷に打たれ
老木は　焼け
真っ二つに
引き裂かれてしまった

曝け出されてしまった
幹の空洞
がらんどう

空洞には
老木の長い生命が
刻まれている
若木から
老木に至るまで
通ってきた
樹の歴史

若い頃は
若葉を茂らせ
小鳥たちが
安らぎを求め
休息の
住みかとなった

今はその面影は
消え失せてしまったが
老木は
黙して語らず
凜と原野に立ち続け
存在感は　失われていない

最後の輝きを
精一杯

鐘の音

同性愛者レオナルド・ダ・ヴィンチ。モナリザは神秘的な微笑を鑑賞者に投げかける。モナリザの微笑みは男性とも女性とも見える。自画像という説もある。自画像を左右反転させるとサイズ・構図がモナリザと一致する。左右反転はレオナルドの得意技である。聖母マリアがモナリザという説もある。諸説が飛び交うミステリーの中、モナリザの美しい存在があれば、私は諸説を特に問題視しない。モナリザを見つめていると、顔が変形してきた。モナリザの顔は歪んで見える。顔が奇才サルバドール・ダリの描く代表作「記憶の固執」のとろけた三つの時計に見えてきた。シュルレアリスムのダリは、マザーコンプレックス・自己承認欲求・女性恐怖症ＥＤ（勃起障害）を抱え独自の奇怪な世界を構築する。固い時計がぐにゃりと溶けている。硬と柔の相反する融合。時計はチーズが溶けてゆくところからヒントを得た。これがシュールだ。モナリザの顔はダリの時計の一つに浸食される。もはやモナリザは存在しない。消滅した。歪んだ時計は、伸びながら動き正常な時計の形に変容した。十時十分、長針と短針は不気味な程に正確な時を刻み込んで進んでいる。時は一刻も止まることを知らない。等しく人に時を提供している。地球上の時は、天変地異があれども無表情にクールに動いている。誰にも時を止められない。ヒトは時間という時間に拘束されて悲劇が始まる。ドイツ最古のゴシック建築の聖エリザベート教会の鐘が鳴る。五十年かけて建設された十三世紀の教会。ドイツ、マールブルクの雪ふる街に、高らかにカラーン　カラーンと歴史の重みある鐘の音が鳴り響く。

風来坊

詩人の風来坊は、家に留まって居るわけにもゆかず、屋外に出て刺激を物色する。自然の中で新鮮な感性が生まれることを信じて。山河を眺め荒海にも立ち、街の喧騒の中からも貪欲に獲物を見つける。家の中に引きこもり机の上で妄想に耽る。妄想が高じると睡魔に襲われる。温泉に浸かり身心の疲れをとりリフレッシュして明日に繋げたい。風に吹かれて彷徨、稼ぎにもならない風来坊。お前は自己満足のためにだけ詩を書いているのか。傲慢にも、読み手に感動を与えると思っているのか？　才能があるとでも思っているのか？

才能は磨くものではない。元々才能はその人に宿るものである。努力をしても才能は生まれない。入り口にも届かない。白紙の原稿用紙は、ペンが止まって枡目が埋まらない。白紙の原稿用紙には無限の可能性が秘められているのに至極落胆に陥る。自虐的にはならないが、無念さが残る。ジレンマに襲われる。風来坊には風来坊の生き方がふさわしい。背伸びせずに等身大の自分を生きる。等身大の男を振り返ると何と凡人だった。だが、この男は往生際が悪く諦観しない。ひたすら書くことをやめない。詩のごみが溜まるだけだ。しかし男は一行でも他の詩人にはない自分だけの詩が生まれることを信じている。これが自分の生き甲斐と感じている。それを世間では自己満足というのだろう。誰の目にも触れず作品を読んでもらえない詩人。非生産的貧困労働者。せめて社会から必要悪くらいには認めてもらえる詩人でありたい。社会のごみとは思わないが、何と言われようとも執拗に詩に囚われる男。そんな男がひとりいても良いだろう。政治や社会に忖度しないで、言論の自由を守り創作に取り組む姿勢は崩したくないものだ。崇高な精神は、時に崩れがちになり凡人には怠惰が頭をもたげる。真の芸術家への道は、凡人にはまだまだ果てしなく遠い。

地球のカケラ

まあるい大きな青い地球を、鷲掴みしてステンレスの大皿にゴロンと載せてみた。その反動で、七つの海から大量の魚群たちが、宙空に泳ぎ始めた。マグロ・カツオ・鮫・エイ・サンマ・平目・鰺・蛸・イカ・イワシ・トビウオ・熱帯魚などが宙空を色鮮やかに舞う。さながら竜宮城だ。殺し屋の鮫は、鋭いのこぎり歯をむき出して、猛スピードであたりかまわず魚の群れに飛び込み魚を呑み込む。トビウオは羽を広げ逃げ惑う。マグロやカツオも鮫の前ではひとたまりもない。男はマグロを捕まえ、がぶりと口に入れる。新鮮な刺身だ。少し味が欲しい。海面から潮を噴出しているクジラに目を付けた。マグロをしゃぶしゃぶ感覚で一・二・三と噴出する潮にこすり付けた。その塩味が絶妙だ。酒も欲しくなった。フランス、ボルドー地方のぶどう畑には、たわわな乳房を思い起こさせるぶどうが実っている。ひと房ふた房摘み、大きなワイングラスに絞って注ぎ込む。ワイングラスは、ぶどう色の湖となる。色が欲しい。熱帯魚の鮮やかな黄・青・赤色が欲しい。ワイングラスに熱帯魚を放り込む。ぶどう色の湖には、夕陽に照らされて鮮やかな熱帯魚が泳いでいる。胃袋の中で熱帯魚が微妙に泳いでいる。ワインレッドの酒を一気に飲み干す。酒好きの男は、ワインの次はスコッチだ。クリスタルのグラスに琥珀色のスコッチをトクトクと注ぐ。スコッチにはオン・ザ・ロックが似合う。北極海の氷のカケラをグラスに浮かべる。気まぐれな男は、アクセントに北極熊を入れてみようかと思った。琥珀色の海に北極の白熊は調和がとれると勝手に決めた。白熊は男の手にかかっては、いとも容易に捕獲できた。グラスの中で白熊は琥珀色に染まってゆく。男は貪欲に肉が食べたいと思った。アメリカの農場に放牧されている一頭の牛を、フォークで串刺しにする。牛はたまらずギャー・モウーと悲痛な叫びをあげる。レアもいいがミディアムが好みな男は、活火山で噴火している火口に牛を突き差す。高温であぶられた牛は惨めな黒焦げとなり男の口に放り込まれる。味を占めた男は、もう一頭の牛を物色する。メス牛だ。食べごろの肉付きだ。気まぐれの男は、今度はレアにしよう。味付けはゴビ砂漠の砂を振り掛けてみよう。じゃりっとした舌感覚が絶妙でたまらない。メス牛もぺろりとたいらげてしまう。口からは牛の真っ赤な鮮血が滴り落ちる。牛だけでは物足りず、アフリカのジャングルで無作為にフォークを突き刺してみた。手ごたえがあり、フォークの先には毒蛇の大蛇が絡みつき、赤く長い舌をぺろぺろ出している。こちらをぎょろりと見つめている。今にでも食いつきそうな大きな口を開けている。太くて長い大蛇は、腹持ちしそうだ。この男には毒蛇でも関係がない。フォークに絡まった大蛇を、スパゲッティを食べるかのように美味しそうにするすると口にする。大分胃袋の方も充足してきたようだ。スコッチをおもむろに飲み干した。デザートに、アマゾン川流域のジャングル地帯で熱帯雨林の樹林を食してみよう。地球温暖化にならない程度に食するエチケットは身に付けている。適当な樹木を摘みアマゾン川で水洗いして、水分を含ませて食べると、のど越しが良い。ヘルシーな食生活だ。男は気まぐれで、傲慢にも地球上で起こっている数多の問題を解決したくなった。戦争・内戦・被災民・貧困・テロ・人種・民族・宗教・原発・格差・差別などあらゆる難問を一気に解決する能力があると信じていた。だが、そんなに短絡的な考えで容易に解決できる問題ではないことに気が付いた。男はさじを投げてしまった。おもむろに皿に載っている傾いた地球をナイフとフォークを使って切り出した。青いりんごを切るかのように真っ二つに切った。あんぐりと地球の内部が見えてきた。地球の表面の下側は、こんな構造なのかと、理科の教科書で見たことのあるそのままの世界がそこにあった。男は力を籠め切り続ける。りんごを四等分に切るかの如く。ゴロンと四つに分断された地球が力なく天を向いて転がって揺れていた。男はおもむろにフォークを突き刺し無謀にも口に入れた。じゃりっと口の中で複雑な味が広がってゆく。ひとつ・ふたつ・みっつ・よっつ。突然、マグマが大爆発して男も木っ端微塵に吹き飛んだ。皿の上には粉々に粉砕された地球のカケラがこぼれていた。

詩集『瑠璃色の世界へ』（二〇二三年）抄

I

言の葉の小舟に揺られて

言の葉が　ひらひら
わたしの　小宇宙に　舞い落ちる

言の葉の　一枚の
赤錆びた小舟に乗り
あてもなく
わたしは　ひとり旅をする
どんな世界が
これから　見えて来るのだろう

言の葉に　白い帆を上げて
わたしは　舵をきる
羅針盤と海図を　持たない
言の葉の　小舟は
風の吹くまま
気の向くまま
目的地は
風まかせ

小舟の帆から　俯瞰する
雄大な
七つの大海を眺め
やがて
地中海に浮かぶ
白い石の建物の

町並みが見えてくる

雨上がりの
透き通った
蒼穹に
七色の虹が
遠くに　見える

エジプトの　ピラミッド
黄金の　ツタンカーメンが
言の葉の　小舟を
古代から　見つめているようだ
ココア色の　スフィンクスが
こちらを向いて
ウィンクしている

娼婦の　クレオパトラが
エロティックに
わたしに　投げキッスして
誘惑する
わたしは
淫靡な　クレオパトラに
惑わされずに
舵を切り
航海を　続ける

旅に疲れた
わたしは
青い地球の　オアシスに
身体を休め
休息する

肥沃な言の葉たちが
わたしの　からだに

優しく降り積もる

柔らかく
温かい
言の葉に包まれて
わたしは　静かに
冬眠する

季節の初めの
春が　煌めく
目覚めと　ともに
わたしは
また
古今東西の
書物を
古い皮の皺のよった鞄に
ぎっしり
詰め込み
旅支度をする

果てしない
わたしだけの
未知への
宇宙……
そして
新たな
世界を
求めて

言の葉は
再び
ひらりと
宙に舞い上がり
瑠璃色の世界へと

飛び立つ
未来へと

石の眼　花に秘められて

あなたは　石
固く　強く　冷たい

わたしは　木
柔らかく　弱く　温かい

あなたに
どんな
わたしの花を
咲かせましょうか

わたしの　木の
一番咲き誇った
きれいな豪華な時の
花にしましょうか

それとも
処女のような
穢れを知らない
固い蕾

わたしは　幻花となり
あなたの　中に
石の　花を
咲かせましょう

幾光年までも
美しく

化石となって
永遠の
秘められた
愛を　確かめますように

海

二〇二二年二月二十四日　ロシア軍ウクライナへ侵攻

墨を流した
暗転の空
不気味に
流れる
生きた
灰色の
雲
荒れ狂う

海

岩場に
抗い
何を
お前は
そんなに
怒っているのだ

鋭い
牙を剥《む》き出し
岩を　砕く
怒濤
打ち寄せる
波の渦巻

険しい

幾つもの
表情を見せ
素顔を変えて
波動が
無慈悲に
押し寄せてくる

波
というより
恐怖の荒波が
いつまでも
止まることなく
海嘯を　連れ
襲ってくる

果てしなき
海の身悶え

雷光がいっしゅん
この世の死顔《デスマスク》を照らす

鏡の中の他人

鏡の中に
もう一人の
わたしがいる
どっちが
ほんとうの
わたし

あまりにも
わたしに
似ている
鏡の中の

あなた

あなたは
なんで
そんなに
寂しい顔を
しているの？
鏡の中の
あなたに
訊ねた

あなたは
わたしの
顔色を覗いて
小さな声で
答えた

それは
あなたが
一番
知っている筈よ

わたしは
その声を聞き
驚き
改めて
じっと
鏡を見た

何故か
緊張して
恐怖に
戦く
わたしを

見た

氷のような
冷たい
表情の
こちらを向いている
他人の
わたしが
ほんとうの
わたし？

鏡の中
一陣の
木枯らしが吹いて
舞い散る
いちまいの枯れ葉が
下唇にはりつき

舌となる

地球は廻《めぐ》る　時も廻る

この腕時計は
そう
私が
中学一年の入学祝に
叔母から贈られたものだ

あれから
どのくらいの
歳月が
経ったのだろう
五十年を　優に超える
私の歴史と共に

歩んできた逸品だ

手巻き式の　秒針付
シチズン　ジュニア
17ジュエルス
パラショック
フィノックス
外周を
細いグレーで囲んで刻み
内円は
落ち着いた
渋いホワイト
私にとっては
今でも　色褪せず
時代を超え
現代に　通用する
グッドデザイン賞

あれから
私は
浮気をして
おやじの形見
手動巻き
セイコー　スポーツマチック5
ドイツの免税店で購入した
気品ある　艶消しの金色の
オメガ　デビル
長方形のセイコー　クォーツ
楕円の黒で金の3針
セイコークォーツ

ソーラー時計

カシオ　ウェーブ　ブラック

その他
懐中時計
遊び時計など
幾つもの
時計を　所有している

TPOや
その日の気分で
時計を
変えている

最近は
カシオの
ソーラー時計の
使用率が高い

誤差もほとんどなく
電池交換も必要ない
安価で正確である
デザインもよい
まさに　メイド　イン　ジャパン

私の中の
時計の歴史は
私と共に生き
長針　短針　秒針と
時を　その時々を　刻み
それぞれの
想い出が詰まったものである

時に支配された
日常
時を

待つことはあっても
時に追われ
時に制限され
生きている

時と共に　同時代を生きて
時を早く感じることや
時を遅く感じることは
出来ても
リアルな
時を超えることは
出来ない

時は
時を刻み
その時々の
表情を
色濃く
反映している

何れは
誰しも
数えなければならない
カウントダウン
の死を……
迎えなければ
ならない

その時
私の時が初めて止まる

黄金色に輝く佐渡金山

俺のいぶし銀に光る　グレーのジャガー
英国車
気品と　風格がある

お前とは
佐渡島にも
母と
行ったことがある

新潟港から
佐渡汽船に乗り
白波を切って
両津港に着いた

白いかもめの
出迎えだ

両津から　真野《まの》経由で
相川まで
車を飛ばした

母が
かつて
青春時代
佐渡島に
住んでいた歴史を
風景の中に重ね
ハンドルを　切った

窓から
潮風が

心地よく
吹き込んでくる

相川　佐渡金山
四百年の歴史
母が　昭和初期に
初の女性事務員として
七年間勤めた鉱山

佐渡金山の
シンボル
道遊《どうゆう》の割戸《わりと》を
親子で
歴史の重みを
感慨深く見上げた

当時住んでいた
石拓町《いしはたきまち》へ走る
未だその住居は
八十年余り経つのに
他人が居住している
京風の佇まいとして
そのまま現存する

母の青春時代が蘇る
既に　両親　兄弟は
今は　いない
百歳を間近に控え
孤独の淵で
何を想うのか

世界遺産登録も
視野に入れている

尖閣湾《せんかく》の荒波が
勢いよく
白い波しぶきを上げ
岩を洗う
かつて　家族で遊んだ
千畳敷に
今は
親子で遊ぶ

春日崎《かすがざき》の
真っ赤な夕陽が沈むころ
遠くで
潮風に乗って
佐渡おけさが
聞こえてくるような
幻聴に
襲われる

鬼太鼓《おんでこ》の
激しい
太鼓の音が
重なる

尖閣湾の
海辺の近くの
ホテルに
宿をとる

海鳴りを
間近に
聞きながら
母の娘時代の
子守唄を　聞き
親子の至福の時を過ごす

旅の疲れと共に
深い
眠りにつく

窓の外には
三日月と
天の川

流れ星が
紺碧の
夜空に
幾つも走って
消えてゆく
佐渡の海

惜別　友よ

ある年
大学報に
君の
訃報が
一行
事務的に
掲載されていた
七十二歳

その時の
衝撃の　大きさと
落胆が
俺の
脳髄深く走り廻った

全国紙の
著名人が掲載された
訃報より
身近で
何倍もの
ショックが
大きかった

同時代を
共に生きた
団塊の
友よ

小学校の
同級生だった　友は
六年生の時

遠足で
東京　御殿場に出掛けた
集合写真に
君の爽やかな笑顔と
俺の若い姿があった
そして
片思いの
初恋の人が
モノクロームの中にあった

俺は　平凡で
君は
優秀な生徒
近寄りがたい
存在だった

大学のキャンパスで

君は
いつもの
笑顔で
ギターケースを
抱え
友人たちと
キャンパスを
歩いている姿を
俺は遠くのベンチで
見ていたことがある
その時
何故
駆け寄って
声を　掛けなかったのか
悔やまれる

大学を
卒業して
君は
当然の
如く
大手企業に
就職していた

卒業生名簿で知った

あれから
何十年の歳月が過ぎ
大学の　同期の懇親会に出席した
暮れなずむ
武蔵野丘陵が眺められる
大学の
高層階の　宴会場で
そこには　笑顔の君の姿があった

そこで
君と
何十年ぶりに
会話を　交わした

それは
ごく平凡な
ありふれた　会話であった

何故もっと
二人の歴史を埋める
実のある深遠な会話を
楽しめなかったのであろうか?
とても後悔している

人生

一瞬が
勝負である

後日
遺族へ
花を
送らせてもらった
せめてもの
償いだった

言葉の樹海

私は
分厚い
国語辞典の王様
広辞苑を

開き
言葉を
探す

言葉の
樹海に
圧殺されそうだ

何枚
ページを
めくっても
必要とされる　適切な
その言葉を
探し出すことは
容易なことではない

言葉の海に
身を
投じ
言葉の
渦の中に
巻き込まれて
溺れてゆくのか

言葉の
押し寄せる
怒濤の
濁流から
果たして　乗り越え
脱出することが
出来るのであろうか

残りの人生を

賭けても
この辞典を
最初から
最後の一ページまで
読破することは
困難であろう

大辞典に
真正面から
対峙して
この巨大な
大山脈を
征服することは
無理だろう

地底の底から
湧き上がる

初めて　眼にする
言葉は
驚きと
新鮮な感動を
覚える

或いは
言葉の
マグマに
圧倒され
言葉が
木っ端微塵に
爆発することも
ある
そして
新しい　言葉が
誕生する

言葉の
宝庫がありながら
それを
生かされない
もどかしさ
己の
無知を古希を過ぎて知る

首

首が並んだ
幾つもの首
男の首
女の首
職人の首
農夫の首

それぞれ
同じものはない

歴史を歩んできた
特色のある首

私に　静かに
己の
生きざまを
彼らは
語り掛けてくる
ブロンズの
青銅色の首

がらーんとした

美術館に
スポットが当てられ
首切り職人*による
首が
静かに　並んだ

＊　彫刻家佐藤忠良

ペガサスの手綱を握って

俺は　ひたすら　無知の知を　知り走る
幾光年の　明日に　向かって
今日を　生きる

時空を超越して　青い地球を後に
暗闇の　無限大の　宇宙へ旅発つ

流星群を　横目で見つめ
煌めく
オリオン座の　群青色の中を
今
手探りで　夢遊病者のように遊泳している

目標地の　明るいユートピアの
輝かしい未来は
果たして　この先に　あるのだろうか？
砂を噛むような　ざらついた
乾いた夢幻の広がる　世界なのか？
一抹の　不安と疑問が　脳髄をよぎる

もう　遅い　アクセルを一杯
踏み込んでしまった　怠惰で倦怠な大地へ
今更　引き戻すことが　できない

最高神　ゼウスを　信じて
迷わず　邪念を　払拭して
前へ　前へ　進むしか　残された道はない
少しの　微熱を含んだ
焦燥感を　心の片隅に秘め
ペガサスの手綱を　力強く握り締め
白い翼を持った　神馬を宇宙へ走らせる

Ⅱ

我が胸の内に潜むもの

女は　百五年　年輪を重ねて生きてきた大樹
風雪・豪雨・嵐・落雷に打たれても朽ちず
灼熱の厳しい太陽にも　枝葉を精一杯伸ばして耐え忍び　真摯に生き続けている　広大なる肥沃な大地に根を張り　凜として　今も果てしなく広がる　天空に向かって　眼光鋭く立つ　その姿は　風格さえ漂う
老木とは決して言うまい　いぶし銀の　鈍く光る女
年老いても　命の水　枯れることもなく　尚たゆまず　小さな泉からふつふつと湧き出し　流れつづける　かぼそき細い手で　筆を執る　文学魂は不滅なり　時に　時間差的に　忘却の荒れ狂った嵐に攪拌《かくはん》　翻弄され　無慈悲に襲われることがある　彷徨える　記憶の忘却の集積は　何処に？　地中海に沈む　真っ赤な夕陽の彼方に　置き忘れて　きてしまったのか？　女は　慟哭の叫びも上げず　ひたすら果てしない　我が道に歩を

緩め　ゆっくりと　歩みつづける　心と体の乖離は　時に数学上の論理を超越する　形而上学的範疇で思考する　ベッドに横たわる　女の両手両脚と身体《からだ》は　正視出来ない程　やせ細り残酷とも思える身体の変容を見る　かつての　美しく輝いていた　ヴィーナスの豊満な肢体や面影は　見る影もなく　何処に？　アポロンに抱かれた　至福の時を過ごした日々は　今いずこに　地上の底から鼓動の声が聞こえてくる　バイオリンの調べに似て　心地よく響きわたる　夢幻の世界だろうか　無知の知を　知り得た日　不条理の世界が拡散する　限りなく　汚濁した　茶色に包まれた　泥沼の世界で　暗中模索・試行錯誤して　苦渋の決断を迫られる　選択肢の中から　最良と思われるものを　セレクトするが　これで良いのか　と疑問符が常に付きまとう　多分答えは一つ　ではないのだろう　どの道を選んでも所詮　同じこと　己の生きざまを　見せるしかない　百年生きたとしても　次の百年はない　長いか短いか　人さまざま　人生模様が急激に変わるであろう　愛しき女《ひと》　不夜城から解放され　安らかに眠れよ　我が息子の胸の内に　永遠に　平和への祈りを捧げん

２０２２年６月23日

青い恋文で　語られるもの

気になっていた
昔の女《ひと》から
一通の手紙が届いた
竹下夢二の花図案の
切手が貼ってあった

差出人は
いつものように
イニシャルの　ＳＪ
わたしの人生の中で
消そうとしても
決して
消えない
忘れられない　女である

消印は雨で滲んでいた

わたしは　震える　手で
もどかしく
封筒を開ける

万年筆で
達筆な
いつもの
細い文字で書かれた
青い恋文

インクの匂いと
昔の女の　香りが
ふんわりと
手紙の文面から
蘇ってきた

あなたが
世界中で
一番大好きでした

今でも
あなたのことが

忘れられません

ありふれた
美辞麗句が
数多《あまた》
青いインクで
書き
並べられていた

わたしは
それらの　言葉を
噛みしめて
味わった
というより
一気に
呑み込んだ
砂を噛むような

ざらつきと
ほろ苦さ
幾らかの
酸味が鼻腔を擽った

愛しい女との惜別を思い出し
わたしは　何故か　ブルーな
気持ちに　なってしまった

水色の涙が　一粒
無念にも
頰を伝わり　こぼれ落ちた

青い恋文は
さざ波を　起こし
遥か遠く
南太平洋の

海の調べとなり
優しく
蒼い海に
溶け込んで
沈んでゆくことはなく
一滴となって　床で割れた

その欺瞞に満ちた
破れた青い恋文は
青春時代の　死闘
熱き情念と葛藤との
闘いの日々の
悲哀に満ちた
記録の裏返しでもある

男と女の短い物語

豊葦原《とよあしはら》*に
若い男と
若い女が
住んでいた
二人は
恋している

二人の間には
言葉は
六つ　有れば
それで良い

YES
NO

THANK　YOU
I　LOVE　YOU
I　NEED　YOU
I　WANT　YOU
これだけで
充分だ

言葉は　時に
ヒトを傷つける
怒り　憎悪　嫉妬　悲劇　等々
争いを生む
余計な言葉は
蛇足である

二人の間には
六つの　言葉も
究極的には
不要だ
感嘆詞があれば
それで良い

おおっ
ああっ
ううっ

それでも
言葉を
ひとつ　ひとつ
吟味して　そぎ落とし
最後に
無言が　最高の　美学だ
と気が付く
沈黙は金

言葉が無くても
相手の
表情や　態度で
喜怒哀楽を
容易に
読み取ることができる

二人の間には
無言の
以心伝心　もある

＊　日本国の美称

湖水の中に

朝霧の中に
荘厳な　白樺の木が林立している
一面
白い樹海の世界

少女は　ひとり
北の冷たい湖畔に立つ

穢れを知らぬ少女
絹のドレスの下には
何も身に着けていない
細い　裸身と
尖った　乳首が覗く

少女の美しい眼差しは
遥か遠くの　異国を
力なく見つめている

裸足で　一歩また一歩と
マイナス三度の湖水の中に
ゆっくり
進んでゆく

やがて
腰までつかり
少女の長い黒髪が
消えてゆく

白いか細い手が震え
北の天空に突き上げられ
静かに　消えていった

迷い路からの解放区

お前の歴史と
俺の歴史を
重ね
油絵具で
色を
掻き混ぜるように
生きている

白濁とも
混沌ともとれる
微妙な
色彩の
誕生

二人だけの
独特の
誰にも　模倣されない
限りなく　純粋な
色彩世界なのかも知れない

果たして
このままの世界で
生き続けていいのだろうか?
疑念が生まれる

お前には　知らせないが
地獄のような
息苦しさの中から
一刻も　早く
解放されたい
解放区の構築

己の　個を　生きるか
欺瞞に満ちた
日常を
ひび割れた
鉄の仮面をかぶって
生きるのか

そんなことはない
お前は何故
否定的なことばかり
語るのか
否定×否定は
肯定なのだ

お前の
脳髄には

どんな
難解な
方程式が
宿っているのか

そんな
方程式から　生まれた
答えなど
幾光年先の
大宇宙の中へ
放り込んでしまえ

銀河系が
ほら
笑っているぞよ

Ⅲ

いつ終息するのかコロナとウクライナ戦争

目に見えないコロナウイルス　お前はどこを彷徨っているんだ　無差別に人間を容赦なく殺す　老若男女関係ない　全世界に蔓延させている　三密を避け　不要不急の外出もせず　マスク　手洗い　うがい　消毒　企業・学校はテレワークを強いられ　外での飲食もせず　我慢の二文字　ワクチン接種も三回目　効果は如何に？　忘年会　新年会　懇親会　講演　ライブ　演奏会　芝居　全てに制限と中止を余儀なくされる　経済が回らない　明日の生計が成立しない　貧富の格差　自殺　フラストレーション　ロックアウト　デモが

世界中で起こる　デモで命は救われるのか　全世界の累計感染者数三億七千五十七万人　累計死者数五百六十五万人　新型コロナ感染者数二千二百万人以上　死者六万人　世界戦争より多くの死者数　武器　ミサイル　核を使用せずに　ウイルスは脅威を地球人に与え続ける　このまま崩れゆく地球となってしまうのか？　慟哭の世界
ロシア軍がウクライナに侵攻したのは　二〇二二年二月二十五日

旅の果てに

私は羽田十時二十五分発、パリ行きのエールフランス機で、冬のパリ＝シャルル・ド・ゴール空港へ向かった。私はビジネスクラスのゆったりした座席で、コニャックの「カミーユ」を何杯か飲んだ。ヨーロッパへの長旅は、エコノミークラスでは、身体がきつい。左程酒の強いわけではない私は、何杯目かのコニャックで、深い眠りについた。目覚めると、一面白銀の雪の世界が広がっていた。そこはエッフェル塔ではなく、札幌のテレビ搭と白い時計台だった。国内線に搭乗した記憶はない。自分の眼を疑った。このシチュエーションを楽しむことにした。私はひとり、しんしんと降り積もる札幌の街を散策した。ここまで来れば、小樽運河を見たくなった。急行A列車に飛び乗り、車窓から繰り広げられる雪景色を堪能しながら小樽駅に到着した。駅から長い坂道を下り小樽運河に出た。降り積もる雪の中、運河は幻想の中、ゆったりとたゆたって流れていた。翌日、ベッドから目覚めると、そこはパリだった。シャンゼリゼ通りの先には、凱旋門が小さく白く見えた。二月の寒い昼下がり、私はオペラ座近くのカフェに入り、珈琲で身体を温めた。地下鉄に乗りロダン美術館へ向かった。地下鉄のプラットホームでは、ロダンの巨大な「考える人」が私を迎えてくれた。ロダン美術館は、セーヌ河沿岸にあるオルセーやルーブルと異なり、こぢんまりしていて、鑑賞しやすい美術館である。オーギュスト・ロダンの作品の偉業をまざまざと見せつけられた。だが、ロダンに対する評価は、私の中ではさほど高くはない。というのは、二十世紀最大の美貌の女流彫刻家、カミーユ・クローデルの存在があるからだ。カミーユは、ロダンの内妻との三角関係に苦悩した。またロダンは、カミーユとドビュッシーとの関係に激しく嫉妬していた。カミーユは、その後、幻覚・被害妄想に見舞われ、精神障害を起こす。三十年に及ぶ精神科病院での壮絶な闘病生活を過ごし、七十八歳十カ月で生涯を閉じた。ロダンは、ある面罪深い男とも言えるのだ。

また、私は地下鉄に乗り、ピカデリー広場からモンマルトルのサクレ・クール寺院へ向かう。途中、奇才サルバドール・ダリの美術館に立ち寄る。シュルレアリスムの神髄に触れる。美術館を出ると、超現実の世界から、日常の現実世界に引き戻された。観光客相手に似顔絵を描いている画家たちに出逢う。ここから世に名を遺す画家は生まれるのであろうか？　私はパリ市内に住む友人の画学生のアパートメントに一週間ほど宿泊させてもらった。一週間もすると、男と女の関係になるまでに、そう時間は要しなかった。眠りから覚めると、東京のリバーサイドホテルで、劇団員の若い娘とベッドを共にしていた。若い肢体は、四十男には眩しく映り、活力を与えてくれるものだった。

人生とは

人間　棒グラフみたいに、面白いほど凹凸があるものだ。優れた者と、そうでない者。折れ線グラフのように、右肩上がりの者と、下降を一途に下る者。勝ち組・負け組と置き換えても良いだろう。但し、その線引きにどれほどの価値があるのだろうか？　経済格差が生じ、グレードの高い生活が送れるか、生活保護での生活に甘んじるのか？　それは生き方の価値観にも左右される問題なのかもしれない。巨万の富を築き、生涯その財産を使いきれずに死んでゆく寂しき富裕者と、貧しいがその中で精一杯生活をエンジョイする者とでは、果たしてどちらの生き方が良いのだろうか？　極端すぎる比較論だが、あながち、間違った選択の比喩とも言えまい。富があり充実した生き方が出来れば、それに越したことはないのは、言うまでもない。人生とは魔訶不思議な生き物のようである。

少年の皮を被った大人

私は真っすぐ行くつもりが、何時の間にか意に反して逆の方向を歩いている。好んで進んでいるわけではない。そちらの方が自然だからだ。人は、何でも言わせておけばよい。人の通らない道へそ曲がりで強情者だと言う。そんなこと、人には、臆病者には勇気のいることだ。然れども、人の見えない道は、とてもエキサイティングだ。例え黒い太陽が西から昇ることがあっても、地団駄を踏むことはない。サーモンピンクの人生よりも、ショッキングピンクの方が興味深い。幼少期、昆虫採集で、セミやカブトムシ・オニヤンマに注射を打ち夏休みの宿題に学校へ提出するのを拒んだ少年。昆虫は標本にするのではなく、自然のままに生かしておくことが昆虫にとってもしあわせなことなんだと主張する少年。今ではアブラムシやハエ・カなど害虫を見つけると、目《め》の敵《かたき》にして、殺す大人になった少年。論理の正当性などナンセンスという豹変ぶり。人の成長とともに、純粋な心の変化を、進化と呼ぶのか？　否、退化だろうか？

赤い血の死のメロディー

マイルス・デイヴィスのジャズが、がんがんとスピーカーを揺らして流れている。新宿のジャズバー。トランペットのけたたましい金属音から繰り広げられるサウンドは、ジャズそのものだ。客たちは、一様にそのサウンドに魅せられスイングしている。オン・ザ・ロックの大きなグラスと、氷のカケラが反射して、女の深紅のルージュの顔が歪んで写っている。琥珀色した海の向こうに見えるのはNY、マンハッタン。黒人たちのトリオが、アドリブで熱狂的に演奏を楽しんでいる。トランペット・ピアノ・ドラムスの息の合った競演。相互にサウンドが絡み合い、NYのサウンドを生み出している。バーは客たちの煙草の煙と、アルコールの匂いと、マリファナの匂いが混ざり合い、異様な雰囲気を醸し出している。ハーレムの女をめぐって、客同士の喧嘩で銃が乱射された。白いクロスのテーブルの上には、真っ赤な血が飛び交う。紅いワイングラスが割れた訳ではない。これが、銃規制のないアメリカの銃社会の現実だ。遠くでサイレンの音が聞こえてくる。遠く離れた、津軽の居酒屋では、石川さゆりの「津軽海峡冬景色」が、吹雪の中、流れていた。

いろはにほへと　の先にあるもの

いろはにほへと。何事にも一丁目一番地はあるものである。早急のあまり、他の番地から飛び込み進む者もいる。だが、これは常道ではないような気がする。プロセスを逸脱する行為は、結局のところ自分に返ってくるのではないか。急がば廻れといった言葉を再認識する必要がある。詩人たちは、その時代その時代を、真摯に詩と対峙して、自我の独自の世界を生み出してきた。人には見えない、語れない詩を書く。独自の特色のある価値観に基づく視点で詩を捉える。自分のアイデンティティとは何か？　妥協を許さない自己主張。そのあまり詩が独り歩きして、独善的になっていないか。常識と乖離していないか？　だが、そんなことを気にしていたら、新しい革命は決して生まれるものではない。改革を恐れることなく、革新を求め、前進する気持ちを常に抱いていなければなるまい。改革と抵抗は世の常である。そうした葛藤を乗り越えてこそ、新しい世界が開けるものだ。限りなき前進を！

ウクライナ

ロシアからの
ミサイル攻撃や
戦車で
撃破される
無残な
学校　病院　住宅
大きな　黒い穴が建造物に
ぽっかり空いている

哀しい煙が　立ち上り
怒りの炎が
燃え上がる

その中には
無抵抗な
子どもや　老人
市民・看護師・医者
患者がいる

飛び交う　機関銃
その先には
生きた　人間がいる
過去・現在・未来を持った
生活があるのだ

手榴弾が投げられ
無差別に
容赦ない
銃弾の　嵐

ババーン　ババーン
ウクライナの　どんより曇った
泣きべそした空に
突き刺さる

ロシア兵に
捕虜となり
男は　拷問
無抵抗な
女は　強姦され
その後
吐き捨てられるように
殺されてゆく
これが　汚ねえ戦争だ!!

ウクライナに
侵攻を企てた
戦争責任者
プーチン
誰が
たった一人の　暴走した男を
止められるのか？
ロシアの核使用を恐れて
アメリカはじめEUは
武器の小出しで
及び腰
要求した　戦闘機も持てない
安価な　ドローンに依存している

市民・文化人が
ペンの力で
どれだけ声をあげ　叫んでも
そして
経済制裁を加えても

あざ笑うかのように
彼らには
届かない
ボディーブローが
効くまで
待っていられない
そこには
直面する
死が転がっているから……

国連の非力な
存在に
世界は　辟易として
諦観の二文字しかない
暗殺も　ロシア革命も
武装蜂起さえ　出来ない
民主主義の
無血革命など　空虚に映る

残された道は
神の見えざる手で
裁かれるのだろうか？
それとも
カリスマが現れるのだろうか？

否
今や双方に
何十万人もの犠牲者が出ている
たった　ひとりの　為政者のために
不条理な　戦争が
今も　続けられている

この現実を
見えざる神とやらは

どう見ているのだろうか？
ただ指を銜えて
ニヒルに　傍観しているのか？
これは
人間社会の自然淘汰なのだろうか？
神の存在価値って何？
こういう時にこそ
力を発揮すべきだと思うのだが……
それは
神への冒瀆かしら？

暗黒な
歴史は
戦争犯罪者への
鉄槌は
誰が
いつ　終止符を
打つのだろうか！

二〇二三年七月

飛翔の明日

前に聳えるは
いわきの百名山　水石山
新緑の山の陰影に　山の懐の深さを知る
蒼空には　欧州印象派たちが描くような
白い綿雲が　幾つも　ふんわりと
柔らかく　浮かんで　のんびり流れている
真昼の　白い半月に影はない
モディリアーニの　細く長い女の顔が覗く
白日夢か　彷徨える幻想か

遠くに　小さく見える橋は
国道49号線　郡山に続く道
矩形のタンクローリー　トラックなどが走る
新緑の小高い山が連なる　山桜も見える
手前には　巨大な高層マンションの壁
生きた街並みが色を添え　凹凸に点在する
わたしは　今　大きな硝子窓に照射され
死んで　眩しく生きている
四カ月余り足の骨折で古びた高層階に入院
地獄絵さながらの　手術後の苦渋の痛み
要介護5の　年老いた母を残して至極無念
慰藉《いしゃ》を　己に言い聞かせ　繰り返すが
焦燥感の連鎖が　冷や汗と共に　肌に流れ
静謐で　空虚な病室　病棟を支配する
精神の弛緩《しかん》は　いつ訪れることであろうか
白衣の看護師の挙措《きょそ》に　慇懃に挨拶する
長期入院で　辟易　惰弱《だじゃく》の魂が横たわる

投薬の幾つもの袋　囚人のような　病院食
プラスチックの容器に　無味乾燥に盛られ
白い湯気が立つ　制限付きの食に箸を置く
だが　感謝の心は　忘れまい
消灯夜九時　パタパタと蛍光灯が消された
大部屋に　侘しく車椅子が置かれている
暗闇に包まれた重い淀んだ空気が漂流
鼾の合唱に身体を捩り　ひとり寝苦しい
退院の日を　呵責《かしゃく》と共に　指折り数える
朝焼けの　東の空に
真っ黒な不吉なカラスが　三羽飛んで行く
蹉跌の明日に　あしたは　あるのか
飛翔の　明日が　舞って居るぞよ

エッセイ

百二歳の旅

平成最後の四月のある日、母・田中志津は、居間で自分の「生誕の碑」の写真を見て、ポツリと「小千谷に行って『生誕の碑』を見に行ってみたいわ」と半ば諦観したような表情を浮かべて、私に語りかけてきた。いわきから小千谷までは、三〇〇キロ前後の距離がある。母の身体の状況を鑑みると、まず無理であろうと考えていた。だが、母の故郷小千谷に寄せる思いは非常に強い。その思いに応える上でも実現させてあげたいと考えた。今年百二歳を迎え、来年は、今年以上に身体を動かすことは多分困難であろう。そう考えた時、身体がそれなりに動かせる今年に行くしかないだろう。しかし、私一人で親を連れてゆくことには、一抹の不安があった。母は以前、両足大腿骨を骨折している。両足には金属ボルトが埋め込まれている。最近は、家の中で、手すりを利用しても歩行困難で、車椅子を利用している。乗用車からの乗降はもとより、車からの車椅子の出し入れにも、それ相応の腕力が必要である。私も悲しいかな、年を重ね若い時よりも体力が落ちてきている。旅先でのトイレや食事等々、度重なる移動も容易なことではないだろう。総合的に考えると、茨城に住む兄・昭生の援助が必要となろう。早速、兄に相談して快諾を得た。ゴールデンウィークの時期を外し、母の健康状態と天候を考えて、日程を組んだ。令和元年の五月十四日から十五日まで、ホテルの予約を取った。小千谷では定宿《じょうやど》にしているホテルと、帰路には、磐梯熱海温泉の駅前の旅館に宿泊することにした。

十三日の月曜日には、日焼けした兄が、ボストンバッグ一つを持って、いわきへやって来た。夕方、家族は風呂に入り、食事をとり翌日に備えて早めに就寝した。

その日は、晴れのち曇り時々雨の空模様。我が家を九時三十分過ぎに出た。いわき湯本インターから高速に乗り、磐越自動車道で、郡山、会津を通り新潟から関越自動車道で一路小千谷へと向かうコースだ。助手席に兄、後方座席に母を乗せた。親子三人で、こうして旅行へ出かけるのも、何年振りのことだろう。途中磐梯山の雄姿が見えるサービスエリアで、早めの昼食を摂った。磐梯山の山頂には、まだ冠雪が残っていた。

運転手は私一人のため、途中のインターでたびたび小休止とトイレを済ませた。小千谷までは、母にとっては強行軍だと分かっていても、私には大丈夫だという変な自信があり、車を走らせ続けた。後部座席で時々、コクリ、コクリしている母の姿を、ルームミラー越しに確認できた。疲れているのだろう。いわきから小千谷までの距離は、思いのほか遠かった。走れどもなかなか目的地にまで、到着しないもどかしさを体の疲れの中で感じた。だが、車窓から眺める風景は、都会人にとっては、余りある贅沢な景色が広がる。山脈の連なる美しさなど何と素晴らしいことか。日本の国土の七割強は山地であることがよくわかる。普段あまり会話の少ない兄との取り留めもない会話を、母と楽しむことが出来た。新潟の三条燕を通り過ぎしばらく走ると、フロントガラスに小粒の雨が当たってきた。空はまだ四時前だというのに、不気味な暗雲が広がり山に流れている。雲行きが急に怪しくなってきた。私は元来晴れ男で、旅行中雨に降られることは少ない。だが、小千谷に近づくに従って、本降りの土砂降りの雨が降ってきた。これには参った。母も兄も「凄い雨ね。ああ……」とため息が漏れていた。車椅子なのに困ったものだ。小千谷インターの近くの石材店に先ず立ち寄ることにした。「田中志津生誕の碑」を建立した石政石材工業である。墓石の他、新潟県ゆかりの詩人・西脇順三郎など著名な文化人たちの碑を数多く建立している。船岡公園内にある母の碑に、冬の時期、大雪から碑を守るために、ブルーシートを掛けて頂いている。小千谷は特別豪雪地帯として知られる。お礼を兼ねて久しぶりに会社を訪問した。生憎の強い雨で、母は事務所に入らず車の中で待機していた。兄と私の二人で、社員にいわきの銘菓を手渡し御礼を申し上げた。この石材店で、いわきの大國魂神社の母と姉の文学碑も建立している。県内でも名石匠として定評がある。従業員は傘を差し母の乗る車まで挨拶に来てくれた。母も笑顔で応えていた。懐かしい知己にあったような気持ちだった。

夕食は雨の中、外食産業の店で済ませた。天気が良ければ、割烹店にでも入る予定でいたが、その雰囲気でもなく、兄はビールを頼み簡素に食事を終わらせた。むしろホテルに早くチェックインして一風呂浴びたかった。外は冷たい雨が降り注ぎ、商店街のネオンが濡れて光っていた。旅の疲れもあり、風呂に入り皆早くベッドに入った。外は冷たい雨が降っている。小千谷の夜《よ》は静かに更《ふ》けていった。

翌朝目覚めると、朝日が部屋の窓から差し込んでいた。五月晴れだ。思わず心が弾んだ。母も長旅の割には、比較的元気な表情を浮かべていてひと安心した。これで今日は、ゆっくり活動ができると安堵した。一階の朝日の当たるレストランで、他の客たちと八時三十分ごろ朝食をとった。兄は洋食、母と私は和食をオーダーして、ゆっくりと朝食を楽しんだ。とても満足のゆくボリュームと味であった。今日の予定は、盛り沢山ある。親戚の家を訪問。地元紙の小千谷新聞社へ表敬訪問。小千谷図書館へ私の詩歌集『うたものがたり』の寄贈。そして隣接する小千谷小学校校長先生を訪問。増川家先祖代々の墓がある成就院での墓参。船岡公園にある母の「生誕の碑」の見学などを予定している。また、小千谷市長にも表敬訪問にお伺いしたかったが、アポイントも取れておらずに残念だったが諦めた。母の年齢と体調を考えると、いつ体調を崩して、旅行を中止するかもわからない状況下では、安易にアポを取れない事情もあった。昼食はへぎそばで有名な「わたや」で食事をとることを楽しみにしている。

午前十時前に親戚の新築の家に、手土産と新刊書を持って訪問した。電機会社を経営する彼は、なかなかの人物である。自宅のプライベートな一室にはパソコンなどを置いたオフィスがある。仕事場・工場は別の場所にある。自宅は二百坪の土地に百坪ほどの二階建。エレベーターまである。奥さんの身体を考えて建設されたのであろう。彼はアイディアマンである。世界でまだ開発されていない商品開発に取り組んでいるという。八十歳を超えて、まだまだ仕事に対する情熱は衰えていない。逞しい限りである。息子さんもアメリカの大学を卒業して、東京の新宿にＩＴのオフィスを構えている。夫妻は母に「百二歳で良く小千谷まで来てくれましたね。顔は昔の面影そのままですね。お変わりないのに驚かされました。お会いできてとてもよかったです。いつまでもお元気でいて下さいね」と母と強い握手を交わしていた。これが母との最後の別れでもあるかのような雰囲気であった。母もこれから故郷小千谷に出かけることは多分ないであろう。「小千谷に来てこうして親交を深められてよかったわ。お前たち息子のお陰だよ。お母さんは本当に感謝しているよ」と母は言う。夫妻からお土産に母と兄にスイカと大玉のメロンのセットを贈って頂いた。

小千谷小学校を訪ねることにした。母と私は、平成二十九年十月一日の開校百五十年記念式典に参加できなかった。母がいわき市の病院に入院していたためだ。母は入院先から式典会場にメッセージを送っていた。当時母は出席していれば、学校長はじめ西脇家の皆様や関係諸氏の方々にご挨拶ができたのにと大変残念だったと述懐していた。参加できなかったお詫びと小千谷訪問のご挨拶に訪れた。小学校は千名程の生徒を要するマンモス校である。少子化が進む中、近隣の町村の小学校を統合したのだろう。午前中、何度か小学校に電話を入れたのだが、留守のようで誰も出られなかった。失礼ながら直接校長・岡村秀一先生を訪ねた。母と兄は、学校の裏門あたりに駐車した車の中で、私の帰りを待った。本来ならば、母を車椅子に乗せて、校長先生とお会いすべきだったのだが、失礼ながら母の乗降の際の体力消耗などを考えた上での行動だった。私は正面入り口から広い校内を歩いた。各教室では、教員が生徒たちに授業を行っている最中だった。清潔感溢れる校舎で、とても清々しかった。私は職員室らしき部屋に入り、職員に名刺を差し出し訪問の目的を告げ、校長先生への面会を求めた。職員は校長室に行かれ、取り次いでいただいた。暫くすると、岡村先生が、校長室からにこやかに現れ、私を校長室に招いていただいた。そこで、事情をお話しした。また、私の新刊書（詩歌集『うたものがたり』）をお渡しした。母を車に待たせていると告げ、校長室で失礼すると申し出たが、校長先生と教頭先生と思われる若い職員は、母の駐車する学校の裏口まで、わざわざお越しいただき恐縮した。岡村先生は、車の中の母に窓越しから「お元気ですか？　よくご遠方から小千谷まで来ていただきましたね。ありがとうございます」と思いがけない突然の母の訪問を大変喜んでいただいた。母も何年かぶりにお会いできた喜びを噛みしめていた。本来ならば、ゆっくり談笑したかったが、突然の訪問でもあり、また他にも廻る予定があったので、残念ながらここで失礼させていただいた。いわきからの手土産を手渡した。岡村先生との別れを惜しみながら、次の訪問先の小千谷図書館へ立ち寄った。この図書館には、「田中志津文庫」があり、母の本を中心に家族の本なども収載して設置されている。私の新刊書を職員に寄贈した。母のコーナーを設置いただいたことに大変感謝している。多くの市民の方々に、本を読んでいただければ幸甚である。本が一つの文化財となり、人々の心に響いていただければ、本望である。図書館前で母と兄は車で待機していた。次に小千谷新聞社を訪ねた。丁度昼時であったが、快く記者に迎え入れていただいた。私の著書を寄贈した。小千谷新聞社には、以前から母の著書『信濃川』はじめ、訪問時の記事や文学碑建立の記事など多方面にわたり報道いただいている。地元紙として市民に身近な情報を提供している歴史ある新聞社である。母はとても感謝している。新聞社は二階にあり、車椅子では困難なので、外の駐車場で母たちは待機した。非礼ではあったが、諸事情を鑑み私だけの挨拶に留まった。母を連れて、駆け足で効率よく、短時間の中に、多くの場所を訪問することは、ハードで少し無理があった。だが、兄が同行していたお陰で安心して小千谷の旅を満喫することが出来た。私と母との二人旅では、決して小千谷にも出かけられず、今回の旅は成功しなかったであろう。兄のサポート無くして実現できなかった。兄には感謝している。

昼食は、へぎそばで有名な「わたや」で食事をした。この店に来たらやはり、へぎそばだろう。兄はビールと一人前半を、私たちは一人前と天婦羅を注文し、格別の味に舌鼓を打った。観光バスの一団がぞろぞろ入店してきた。いつも客で賑わっている。思い返せば、平成二十二年、母の「生誕の碑」の除幕式後の懇親会は、「わたや」で行われた。小千谷市長はじめ新潟大学教授、知人、友人、親戚など二十数名のご臨席を仰ぎ、賑々しく開催されたことを思いだした。歳月の過ぎるのは早いものである。参列していた母の妹や、増川喜義氏も亡くなり今はいない。寂しいものである。

食後、増川家先祖代々の墓がある成就院を訪ねた。花を添え墓前に手を合わせた。先祖は、この地で十一代続いた縮問屋商「増善」だった。明治時代の松方デフレで倒産してしまった。景気変動の波に押し流されて、伝統産業の小千谷縮の「増善」が消滅してしまった、先祖の無念さは計り知れないものがあったであろう。母は想いに耽った表情で、先祖の墓参りをしていた。

船岡公園にある母の「生誕の碑」へ向かった。午後二時を過ぎていたであろうか、平日でもあり船岡公園には、私たち以外には二人連れの女性しか歩いていなかった。桜の季節には、市民たちで賑わいを見せる。露天商が幾つも店を構える。夜ともなれば、ぼんぼりの灯る中、夜桜見物の客たちで酒宴が盛り上がることであろう。文学碑は松の梢の中にひっそりと、凛として建立していた。久し振りの訪問だった。白御影石は思いのほか重量感（6ｔ）と存在感があった。母は多分、今回で自分の文学碑を見に来ることもなかろうと感慨深い表情を浮かべていた。母は雪深い豪雪の町で育った。河岸段丘の町でもあり、信濃川と共に生きてきた。船岡公園の頂上からは、眼下に蛇行した信濃川がゆったりと流れ、遠くには越後三山（八海山、駒ヶ岳、中の岳）などが望まれる。小千谷市役所のご配慮で、絶景のロケーションの場所に文学碑が建立された。大変感謝している。母はふと思いを巡らせ、指を折り短歌を詠んだ。

遠方に越後三山近くには
　信濃の川が蛇行する春

子供らと我が碑の前に訪れて
　さやけき風に木の葉振るうる

小千谷市は、人口三万六千人を有する。

小千谷は、小千谷縮の他に、錦鯉でも有名である。その発祥は古く江戸時代にさかのぼる。「泳ぐ宝石」と呼ばれ、近年では、諸外国から錦鯉の買い付けに多くのバイヤーが訪れる。一匹二千万円という高値で取引されることもある。また四季折々のイベントなども開催されている。姉が生前取材した春の「牛の角付き」は、家族で観賞したことがあり想い出深い。

秋には、越後三大花火片貝まつりがある。世界一の四尺玉（一・二メートル）が上げられる。打ち上げの高さは八〇〇メートルに及ぶそうだ。開花直径は八〇〇メートルという途方もない大きさだ。一度はそのド迫力を見てみたいものだ。

その他、魚沼産のコシヒカリも全国的に有名である。小千谷の親戚から毎年送られてくるが、とても美味しい米である。流石、魚沼産ブランドは素晴らしい。だが、ブランドに甘えているだけでなく、作り手の農家の人たちの真心籠った米作りが、基本となるのだろう。また、天然ガスの産出量も日本一だと聞かされた。新潟ブランドは、日本酒はじめ多々あるが、これからも地方都市の活性化と活躍に期待したい。

後ろ髪を引かれる思いで文学碑を後にした。これから、小千谷インターに入り、関越自動車道と磐越自動車道を走り、今晩の宿泊先の磐梯熱海温泉の旅館に向かった。天候も良好で快適なドライブであった。だが、疲労と睡魔が襲い、途中のインターで小休止をとった。兄が

気を遣い缶のブラックコーヒーと眠気防止のチューイ
ンガムを購入してくれた。十分ぐらい休憩して、身体を
動かして眠気をとることが出来て再出発した。ところ
で、余談であるが、昨日はとんだハプニングがあった。
母を車から降ろし車椅子でトイレを利用したのだが、途
中靴が脱げ片方だけどこかのインターへ置き忘れてし
まった。多分車の中に置き忘れているのだろうと確認し
たが、残念ながら見つからなかった。小千谷で人に会う
ので買ったばかりの新調の良い靴を履いてきたのだが、
裏目に出てしまった。結局小千谷の靴店で改めて高価な
靴を購入することになってしまった。こんなことなら
ば、普段履き慣れた安価な靴を履いてくれればよかったと
思ったが、これも後の祭りだ。要は、疲労が重なり、注
意力散漫の結果なのだろう。事故が起こらなくて良かっ
たと思えば、決して高い代償ではあるまい。気を取り戻
し、安全運転に心掛け、インターを後にした。

関越から山と長いトンネルを幾つも越えて、阿賀野、
会津、猪苗代湖を過ぎて、磐梯熱海温泉のインターにや
っと辿り着いた。磐梯熱海温泉の駅前の宿にチェックイ
ンしたのは、七時を回っていた。一風呂浴びてから、夕
食にするつもりであったが、空腹でもあり、入浴前に食
事にした。鍋物はじめ刺身、煮物などが盛り付けられ、
豪華な食事をとった。三人での家族水入らずの旅も久し
ぶりであった。冷たいビールが、旅の疲れを癒やしてく
れた。母がここまで、百二歳でよくぞ元気に同乗してく
れて本当に良かった。遅まきながら、日頃の感謝の気持
ちを持って「母の日」のプレゼントを息子二人で出来た
ことを大変嬉しく思っている。これで初期の目的を達成
することが出来安堵した。部屋は四階にあり一部屋にベ
ッドが二つ並んで置かれ、和室には布団が敷かれるよう
になっていた。母と私はベッドを利用して、兄は床の間
のある和室にした。和洋折衷の合理的な部屋で便利であ
る。浴衣に着替え展望風呂と大浴場に浸かった。母は温
泉まで来ていながら、残念ではあるが、安全を鑑みて、
温泉風呂には入浴させることが出来なかった。床に滑っ
て転倒したら大変だ。手すりも不十分なのでリスクを負

ってまで入浴させることは出来なかった。母も入浴を諦めていた。帰宅後、自宅で入浴してもらうことにした。我が家の風呂場は、手すりが多くあり、安全だ。入浴するにも便利である。風呂場も比較的広く、浴槽も広くて深い。入浴剤を入れれば草津の湯にもなり別府の温泉にも早変わり出来る。

浴衣に着替えて、家族団欒の場を持ち談笑に耽り、磐梯熱海温泉の夜を過ごした。以前、姉と母でこの温泉を訪ねたことが思い出された。その時は、豪華なホテルでその造りの立派さに驚いた。ここに姉も同席していればば、どんなに母も喜んでくれたことであろう。至極残念であるが、亡くなってしまったことでは、致し方ない。姉も一緒になってここへ天国から舞い降りてきているのかもしれない。夜はゆっくりと休むことが出来た。

翌朝目覚めると、目の前の大きな山に朝霧が流れ幻想的な風景が広がっていた。日本の美というのであろうか。大自然の無償の愛が感じられる。朝風呂を一階の露天風呂で浴び、さっぱりしたところで家族と朝食をとる。旅というものはいいものだ。日常の煩雑さから解放され、お金さえ出せば、上げ膳据え膳の生活が送れる。これが毎日のこととなると事情は変わるだろう。惰性となり感動を呼ばないと思う。我々クラスが丁度良いのかもしれぬ。九時三十分過ぎに宿を後にした。天気良好。一路帰宅の地いわきへと向かった。自宅には昼前に無事到着した。総距離数六二〇キロの旅だった。母には大変感謝された。兄は翌日お昼の列車で茨城へ戻った。

令和元年五月十七日

『親子つれづれの旅』（二〇一九年、田中志津と共著）所載

唐 十郎

唐十郎（一九四〇年二月十一日―）は、東京都台東区出身。駒込中学卒業。私は駒込高校卒業である。先輩に異色の作家がいることに、多いに刺激を受ける。明治大学文学部演劇学科卒業。唐は劇作家・作家・演出家・俳優・大学教授として幅広く活躍されている。

唐には武勇伝も数多く、警察の厄介になることもあった。有名な話としては寺山修司が、唐十郎の状況劇場の初日に、葬式用の花輪を贈った。唐は寺山の天井桟敷の旗揚げ公演に中古の花輪を贈ったことが原因で、乱闘騒動が起こり、寺山も唐も警察に逮捕された。共に若気の至りであったのであろう。若い血が熱く燃え滾っていたのだろうか？

新宿のゴールデン街では、野坂昭如と唐の大喧嘩があったそうだ。

また野坂も、舞台挨拶中大島渚を妻の小山明子の前で殴った映像をテレビで見たことがある。何が原因なのか分からなかったが、妻の小山が笑いながら二人の間に入って喧嘩を治めていた。文人とは元気の良い人種だと思った。小山明子の大人の振る舞いに感心した。

私も東京在住時は、時々新宿ゴールデン街に足を運んだことがある。自宅から徒歩十五分ぐらいでゴールデン街に行ける。一九七〇年代一般客同士でも店で派手な喧嘩が起こったという。酒の入ったビールのコップが、客の頭上を飛び交い、元気の良い時代だったのであろう。当時は血気に走る若者も多かった。

唐の監督による「任侠外伝・玄海灘」という映画がある。その撮影中、本物の拳銃を使用したとして、出演者の一人である元・安藤組組長安藤昇と警察に逮捕された。唐は本物の拳銃を使用することによって、映画にリアリティーを持たせたかったのであろうか？　芸術に対するあくなき追求なのか。だが、理由はどうであれ、法治国家では許されない行為なのだ。

また、新宿西口公園では、東京都の中止命令を無視して、唐は強行公演したことがある。

それも二百名の機動隊員に囲まれて、なおかつ最後まで公演を続け、演じ切るとは凄い精神力であり、演劇魂そのものだ。

私はかつて唐の芝居を、新宿の高層ビルが立ち並ぶ前の広場で観劇したことがある。狭い紅テントにもぐりこみ、テントの中の地べたに座り、満席の中で芝居を観た。主演は唐の奥さんの李礼仙。どんなタイトルの芝居だったか忘れてしまったが、やたら早口の大声でまくしたて、テンポの速い芝居だった。私は余り好感を持つことが出来なかった。石津謙介が経営する青山一丁目のVAN99ホールで、つかこうへいが演出する「ストリッパー物語」とスピードとテンポの速さで共通するものがあった。アングラ時代の潮流は、こういう方向性で動いているのかと、時代性を感じた。

ある日の夕暮れ時、私は徒歩で家路を辿る途中、新宿花園神社を通っていた。花園神社で、紅テントで公演している出番待ちの俳優・唐十郎にたまたま境内で出くわした。唐はひとり低い椅子に腰かけ、一点を物思いしつつ見つめていた。近寄りがたい存在感だった。顔に白いドーランを塗っていたせいか、美少年にも見えた。私は唐に、私も駒込の卒業生だと言うことを伝え、話のきっかけにしたかったが、そんな人を寄せ付けるような雰囲気ではなかった。同時に緊張感で口を挟む余地はなかった。

その後、花園神社での紅テントの公演は中止となる。地元商店連合会では、紅テントの公演の排斥運動が起こった。

唐は、劇団のテント購入費や劇団維持費用などを捻出するため、李礼仙と「金粉ショー」のキャバレー廻りをしていた時期がある。

新宿西口の酒場「ぼるが」などで、演劇関係者が熱く演劇論を語り、飲んでいる場面に出くわす。彼らの生計は一様に演劇だけでは無理で、アルバイト併用の生活のようだ。演劇に限らず、好きな道で生計が不自由なく送れることは、夢のようなものだ。芸術とは、いばらの道なのだろう。

唐は数々の作品で、輝かしい受賞歴がある。讀賣文学賞、「佐川君からの手紙」で芥川賞。朝日賞、泉鏡花文学賞、岸田國士戯曲賞、明治大学特別功労賞など。また、横浜国立大学教授、近畿大学客員教授、明治大学文学部客員教授を歴任している。

また、海外での公演でも目を見張るものがある。韓国では、戒厳令下、金芝河の作品を韓国語で公演。また、難民キャンプでも現地語で公演。この恐るべきパワーは一体どこから来るものだろうか？　アングラ魂、それは演劇に対する燃え滾る情念が非常に熱く、成し遂げなければいけないと言う執念、使命感のようなものが働くからだろうか。

姉・田中佐知の詩集『砂の記憶』及び『見つめることは愛』は韓国語で翻訳（訳・権一周／鄭順愛）されて既に本になっている。現在、日韓の外交関係は、好ましい方向に進んでいない。政治の壁を乗り越えて、文化・芸術の力で日韓の絆をより強固にしてゆきたい。十年以上前になろうか。日本の韓国大使館へ、姉の翻訳本を寄贈したことがある。大使館員は非常に友好的で、職員及び訪問者に閲覧させたいと言っていただいたことを思いだした。機会を見て韓国で姉の詩の朗読会を是非企画したいと考えている。とは言うものの、新型コロナウイルスが終息しない限り、何も行動ができない。アジアばかりでなく欧米にしてもしかりである。

唐には過去に、いろいろ不祥事などはあったが、唐の今までの実績からすれば、そんなものは、人生のフロッグ的な飾り物のようなものであろうか。

これからの時代、寺山修司や唐十郎のような異色で才能のある人物は、日本で現れるのだろうか？

『生きる』（二〇二一年）所載

追記　令和六年五月四日、急性硬膜下血腫で永眠。八十四歳。

挫折と蹉跌の狭間で

詩人田《た》中《なか》佐《さ》知《ち》（本名保子、昭和十九年四月十一日～平成十六年二月四日）の生涯を簡単に素描してみよう。

佐知は東京都目黒区で、父田《た》中《なか》一朗《いちろう》と母志津《しづ》との間に生まれた。兄昭生《あきお》と弟佑季明《ゆきあき》（行明）がいる。昭和二十七年には、家族で新宿区の屋敷町の百坪の敷地の家に居住する。新宿区には四十三年間居住していた。小学二年生頃より異才を放ち、近所の子供たちを集めて、自作劇を演出していた。

昭和三十三年、ラジオドラマ「赤胴鈴之助」の公募があり、八百人の中から七人が選ばれた。結果、佐知は落とされた。理由は、芝居心があり過ぎる。今回の企画は、素人っぽい人が対象だと言われた。だが、あなたは声も美しいので、将来きっと良い声優になるであろうと付け加えられた。合格者には吉永小百合、山東昭子、藤田弓子らがいた。彼女たちは現在でも大女優として、国会議員、タレントとして活躍されている。これが挫折の第一幕である。そんな中でも佐知は、新宿区立天神小学校の運動会では、司会進行役を務め大好評を博したり、八ミリ映画「拾ったまり」では主役を務め、新宿区のコンクールで二位に入賞するなどしていた。

その後、児童劇団に入り、有楽町のビデオホールなどで舞台に立つ。

第二幕は昭和三十四年、三國連太郎主演の映画「荷車の歌」（監督山本薩夫）のダブルキャストである。現場の俳優やスタッフの予想に反して、望月優子の娘役は左幸子に決まった。佐知は、自分の演技には自信を持っていたので、当然自分が選ばれるものと信じていた。だが、無情にも外され、大人の世界の不条理さを痛感した。新宿の封切館「新宿文化」で端役の自分の演技を、家族と一緒にスクリーンに食い入るようにじっと見つめていた。その心境はいかばかりであったろう。徒歩で自宅まで帰る夜道では、終始無言であった。これを機に、佐知は自らの決断で芸能活動を辞めた。新宿にあった、美空ひばりなどが卒業した私立精華学園を辞め、公立の東戸山中学校（廃校・現新宿中学校）に転校した。学校では人気があり、目立つ存在だった。駒込高校では優秀で、生徒会でも活躍していた。高校の文芸誌「るんびゐ」に、最初で最後の短編小説を書いた。

家庭生活においては、父親の酒乱が小学校高学年頃から続いていた。父親は、当時としては珍しく大学を二つ卒業している。明治大学商科では特待生で授業料免除、中央大学法学部も卒業している。学生時代は酒も煙草も嗜まず、テニスや登山に親しんでいた。真面目で勤勉な男だった。卒業後は、大手企業の工場長まで務めた。芳町の芸者衆を連れ、家族で歌舞伎座の正月歌舞伎を鑑賞するなど、羽振りが良かった。

その後、独立し、事業を立ち上げ、後楽園に事務所を設けたが、経営は芳しくなかった。事務所を引き払い、自宅に事務所を移した。だが経営は振るわず、自宅の一部を弁護士一家に貸した。しかしその家族は家賃を四年間数度しか払わなかったので、裁判闘争をして勝訴、弁護士資格を剝奪させた。母志津は、その間家計を支えるため、アルバイトやタイプ学校に通い、奮闘した。父親は、経営コンサルタントとして、中小企業の経営者を対象にした新たな事業を起こしたが、思うように成果が上がらず、その失敗をあろうことか酒に逃避した。最後は、木工機械の代理店として生計を立てた。だが二十年にわたる酒乱生活に家族は翻弄された。子供たちは青春時代の蹉跌を味わい、苦渋を舐めさせられた。

挫折の第三幕。明治大学文学部英文科在学中、アナウンサー志望だった佐知は、アナウンサー養成学校にも通っていて、放送局を受験した。学校では、佐知の合格は間違いないと言われていたが、ここでも不合格だった。合格したのは、精華学園、明治大学ともに同期だった落合恵子だった。

また、明治大学では教職課程を履修して、英語の教員を目指したが、教育実習で教員には向いていないと決断し、卒業後教員の道は諦めた。免許状のみ取得した。

佐知は卒業後、三菱商事（株）本社に勤務した。だが、父親の酒乱生活は続いていた。石油課では、コンピューター立ち上げのスタッフで、深夜まで仕事に励んでいて、仕事を家に持ち帰ることもたびたびあった。タクシーで帰宅すると、父親の酒乱生活の修羅場が待ち受けていた。こうした家庭環境の中では、安心して仕事もできず、断腸の思いで会社を退職した。二年間の短い丸の内でのOL生活であった。無情にも、苦渋の人生は繰り返された。

その後、アルバイトで弁護士事務所で働き、日本語教師として駐日外国大使館員たちに日本語を教えていた。

大学時代から書き溜めていた詩の大学ノートを、母志津が偶然机の引き出しから見つけた。母はその詩に感動を覚え、詩を書き続けることを佐知に薦めた。

昭和五十二年、父一朗は六十五歳で、心不全で亡くなった。やっと家族は、遅まきながら平穏な家庭生活を取り戻すことができた。

青春時代の蹉跌は、陰に陽に佐知の身体に浸み込んでいた。長いトンネルの暗黒の世界から、一条の光が差し込んできた。昭和五十三年、草野心平の天山文庫へ、母と訪れ談話している。また、新宿の心平のバーにも詩人仲間と出かけている。昭和五十七年には、詩誌「ハリー」の同人になり、詩人仲間との交流が始まる。吉原幸子、鈴木ユリイカ、國峰照子、中本道代、新川和江など多くの詩人たちとの接触があった。

昭和五十八年には、処女詩集『さまよえる愛』を思潮社から上梓した。朗読活動も各地で活発に開催された。その後、弟との共著、写真詩集『MIRAGE』を上梓した。平成二年には「ラ・メール」にも作品を発表している。

佐知は親孝行でもあった。平成三年、母田中志津の小説『佐渡金山を彩った人々』と『冬吠え』を、病を押してFM放送で約二年に亘り朗読した。これほどの親孝行もないであろう。放送後暫くして、平成十六年二月四日、五十九年十カ月の短い生涯を閉じた。佐知は至極無念であったことだろう。

平成五年秋、フランス、パリの「親子三人展」で自作詩を朗読。平成八年一月、俳優座で自作詩朗読。平成十六年一月三十日、死の直前には詩集『見つめることは愛』を上梓した。

新宿の総合病院のベッドに横たわり、母と兄弟に薄い笑みを浮かべて、満足そうに一ページ一ページゆっくりと本のページをめくっている姿が忘れられない。その身体は直腸ガンに侵され力がなかった。詩集の発売を待たずに姉は永眠してしまった。新宿の高層ビルの向こうに、真白き富士が朝焼けに輝いている冷たく悲しい風景が、高層の病室から見えていた。姉がこよなく愛した新宿の地で、家族に見守られ、安らかに昇天した。

生前、平成十四年には、新潟日報の「晴雨計」に半年間随筆を執筆した。他にもJAFメイトの雑誌などにスポット的に随筆を発表していた。詩集『砂の記憶』『見つめることは愛』は韓国語に翻訳され、韓国で販売された。

今年（令和五年）、没後二十年を迎えた。没後は母と私が、姉の未発表の原稿を纏め、各出版社と交渉して、毎年本の刊行を行っている。代表作の『砂の記憶』、全集、遺稿集、写真詩集、絵本詩集、現代詩文庫、随筆集などを含めて、その数は十九冊を数える。このような作家は、日本でも稀有な存在であろうと自負している。佐知も、このことをきっと喜んでいるに違いない。

かつて、ある詩の出版社の会長は、佐知のことを「五十年に一人の逸材」だと母に語ってくれた。佐知にぜひ聞かせてあげたかった言葉である。

その他、田中佐知の詩は、作曲家たちの手により「砂の記憶」「鼓動」「ケシの花」「孤独」「痛み」などが作曲され、混声合唱組曲、現代音楽として各地で演奏され好評を博している。

平成二十六年五月、福島県いわき市の大國魂神社に、母子文学碑が建立された。姉の代表作「砂の記憶」と母の震災時の短歌が自筆で黒御影石に刻まれている。後年平成二十九年四月二十三日、佑季明の歌碑も建立された。

また、東京三越、三菱フォトギャラリー、平サロン、いわきＮＨＫなどで姉弟展が開催された。

令和五年一月、いわき市「暮らしの伝承郷」では親子三人展を開催した。

佐知の詩集『愛の讃歌』も思潮社より令和六年に上梓される予定である。

『詩界論叢２０２３』（二〇二三年）所載

わが詩の源流

私の詩の源流について考察してみよう。それは、中学時代に遡る。高村光太郎の『智恵子抄』に、心を揺さぶられる程の感動を覚えた。智恵子に寄せる光太郎の愛が、純粋な少年の胸に強く響いた。

自宅近くの早稲田の古本屋街を、休日に散歩がてらに歩くのが好きだった。そこには、宝物が散りばめられた、いろんなジャンルの本が山積みにされていた。そこで『ゲーテ詩集』に出逢った。

私も詩を書いてみたいと、衝動に駆られたのもこの時期。中学二年生の時、夏休みの国語の宿題に、取り憑かれたように大学ノートに百篇程の詩を書きなぐり提出した。だが、先生からの感想は一言もなかった。一条の期待を寄せていただけに、そのショックは大きかった。私には、才能がないのだと思った。たとえそうであろうと、教員としての、指導力・資質が、この教師には無いのではないか？　と素朴に思った。

私は今年（令和六年）七十六歳を迎えた。人生の歳月の速さ、儚《はかな》さを感じる。だが、そんなセンチメンタルなことを言っている場合ではないとも自覚している。肉体と精神が乖離・崩壊する前に、創作活動（詩・小説・随筆・絵画など）を、出来る時にやらずにはいられない衝動に駆られる。怠惰に過ごすことは、誠に忍びない。

詩を書こうなどとは、夢にも思っていなかった。ある年、詩人の姉、故田中佐知の詩の遺稿を、思潮社の会長小田久郎氏に持参した。その時、素人の私に小田氏は、詩とはこういう風に書くものなんだよ、と即興で事例を挙げてご教授頂いたことがある。内容は残念ながら定かに覚えていないが、雨の情景の中で浮かんだ詩だったと思う。ふーん、そういうものなのかと、感心して拝聴した記憶がある。だが、何で私なんかに？　と疑問に思った。

わが詩の源流は、中学時代にあったのであろうか。ただ、決定的に言えることは、姉が詩人であり、彼女の詩作に取り組む姿勢に心打たれていたことが脳裏から離れない。

令和六年一月二十日で、百七歳になる現役の作家・歌人の母田中志津。姉には、母に似て、妥協を許さない厳しさが付きまとう。推敲に推敲を重ね、これでもかと、究極の作品を追求する。言葉の無駄を削り落とされた詩行に、鋭利な刃物に突き刺されるような言葉の凄みと、いぶし銀の輝きを感じる。かつて、姉は「優れた詩には、真実がきらめき、生命が宿る。言葉で組み立てる世界は、地味な力仕事でもある。だが、詩を書く者は、わが内なる声、そして万物の言葉にならない言葉をすくい上げ、心を通わすことが使命のように思われる」と語っていた。また、姉は、現代詩文庫208『田中佐知詩集』（思潮社）に、「詩・生誕の磁場」を執筆している。自分の言葉で語った、含蓄のある文章である。一部を引用してみる。「表に現れた詩のことば自体より、ことばとことばの見えざる行間のアワイこそが重要ではないかと思われる。詩人は、ことばを使ってこの見えざる響きの世界を創ることなのだろう。そして実際詩人は、こうした見えざる響きに熱いまなざしを送る生き物のようである。誰もいまだ見ていないもの、触れていないいもの、聞いていないいものを名づけたい情熱にかられている。自分にだけ見え、聞こえ、感じられる小宇宙の創造。それは日常という現実を足場に、もう一つの非現実の世界を創る事であろう。この現実の世界をもう一度自らの手で、自らの世界に再編成することが詩の創造と言っても良いだろう」と語っている。

姉の土壌にある深層部分のカオスの世界をえぐり出し、最適な語彙を選択・再構築して、独自の詩世界へと誘う。姉の朗読の力・言葉の力にも、血と生命への息吹を感じた。

平成八年一月三十日、東京・六本木の俳優座で、岩波映像販売社長・諏訪敦氏と二人で、各自の自作詩朗読と対談、観客との質疑応答という催しが行われた（主催・岩波映像販売・岩波映画、協力・俳優座劇場）。サテンの黒いドレスに身を包んだ小柄な姉が、舞台では華やかで輝いて大きく見えた。ＣＤも制作された。

姉の代表作『砂の記憶』は、生前早く出版するように、母と私が姉に執拗に迫ったが、首を縦に振ることはなかった。二階の自分の部屋で、机に向かい詩と真摯に対峙し、深夜まで詩作に耽る姿を何度も見てきた。

母と姉は全集を含めて、各十八冊刊行している。私もそれに続く。姉は、昭和十九年四月十一日生まれで、平成十六年二月四日未明、五十九歳十か月の短い命を、愛してやまない東京新宿の総合病院で閉じた。没後毎年、残された原稿から詩集・随筆集や絵本詩集・写真随筆集、遺稿集などを刊行してきた。令和六年には『愛の讃歌』が思潮社より上梓される予定である。

田中佐知について、縷々語ってきたが、稀有な存在であろう。また、姉の詩は現代音楽や混声合唱組曲等々、多くの作曲家の手により作曲され、公演されて好評を得てきた。音楽之友社などから、楽譜も販売されている。

このような母と姉を持ったことに、私も有形無形の影響を受けているのであろう。母や姉の真摯で才能溢れる作品には、到底及ばないが、彼女たちの背中を見て育ってきたことは間違いない。私の詩の源流も、多分そこにあるのであろう。

「詩と思想」二〇二四年四月号

解説

生きるものへのエール

渡辺めぐみ

本書には二〇一九年から二〇二三年までに刊行された詩歌集、詩と散文集、詩集などの六冊の詩篇及び二篇の未刊詩篇とエッセイが収録されている。五年間毎年これらの著書を刊行し新作を発表し続けてきた田中佑季明は多作の詩人と言えるのではないか。田中の作品には四つの特色がある。

一つ目の特色は、いかなる困難に直面しようとも決して諦めることなく打開路を見出そうとする姿勢である。

学校給食／脱脂粉乳／飲み辛い／贅沢は敵だ／栄養第一／脂ぎったおやじが／自転車に／年季の入った紙芝居道具を／乗せて町へやってくる／紙芝居の前には／期待に胸を膨らませる／人だかりのこどもたちの黒い山／服装は世相を反映してか／カラフルさはなく／一様に暗くて地味である／みんな貧乏だった／貧乏を共有すると　貧乏で無くなる

（詩歌集『うたものがたり』「戦後初期のこどもたち」部分）

戦後の復興を目指して貧しい庶民が必死で生きていた時代の市井の光景が、叙事的な飾らない記述によって鮮やかに描き出されている。その中で「貧乏を共有すると　貧乏で無くなる」という詩行に特に惹きつけられた。互いに深く関わり合わずとも無意識に人と人とが連帯していた時代を詩人が懐かしく回想しているからだろうか。

通常あまり書かれることのない自己を励ます思いが、田中の場合にはストレートに語られている詩行が多いのも特徴だ。「俺の人生は／ネバーギブアップ／（中略）／

最後まで／闘いは／終わらない／（中略）／何かに取り付かれたかのように／無知を知りながらも／前へ進む／進一層《しんいっそう》」（詩と散文『寒暖流』「逆転の美学」部分）」本詩集の随所に見られる田中の前向きな決意表明が読者をしらけさせないのは、「無知を知りながらも」という詩行に表れているように、基底に備わっている謙虚さによるような気がする。

二つ目の特色は、この謙虚さと不可分だ。それは耐えているものへの思いやりである。

ヒトに／踏まれ／車にひかれ／水を浴びせかけられても／何一つ文句も言わず／痛さを訴えることもなく／黒い血も流さない／薄っぺらな／黒い影

（詩と散文『寒暖流』「黒い影」部分）

光射すところに影が生まれるのは当然のことだが、影の身になった意外な視点にはっとさせられる。田中自身の実人生の忍耐の記憶から生まれた詩行だと推察できるが、影というモチーフの設定により詩が生まれている。

このような田中の対象への優しさは、社会的ルールとの摩擦によって苦悩してきた人々に対する観察眼としても機能している。ヘテロセクシュアルの人間でないというだけで差別や偏見にさらされてきた人々の呼称の変遷を追った作品を見てみよう。

あなたは　だれ／わたしは　ミスター・レディー／横文字の　ヒト？／そう／わたしは／本物の女より／女らしく／ミスター・レディーを生きているの／差別用語の／オカマと呼ばれる／時代は過ぎ／ミスター・レディーに生まれ変わったの／陰湿な言葉から／明るく　可愛らしい／イメージでしょ／そうね／少し　進化したようね／でも　未だ何かしっくり行かないわ／その後／ニューハーフという／言葉が生まれた／（中略）／政治家の得意とする／意図的な／解釈論で／非を／正当化するのと

違い／言葉は／世の中の／自然な／趨勢で／時に
／否定形を／肯定形に／真逆に／変える／生き物
／（中略）／ニューハーフは／果たして／市民権を／
得られている／存在なのだろうか？／それでも／
彼らは／当然／生きる権利もあり／ゴーイング
マイウェイ／で生きるしかない／／彼らにとっては
／現代は生きやすい／社会なのだろうか

（詩集『聖・性典』「あなたは　だれ」部分）

言葉の生き物としての側面に潜む怖さと、様々な呼称を与えられ戸惑いながらマイノリティーを生きてきた人々の呼称への違和感や孤独感が、一篇の作品の中で絡み合っている。呼称の変遷により偏見が払拭されてゆくかのような一種の錯覚と根深く残る偏見の両方を捉えているまなざしが鋭い。最後の問いかけは、詩人自身を含めた社会全体に突きつけられた課題の提示だ。軽快なタッチで書かれている作品でありながら扱われているテーマは重い。田中の社会派的な資質をうかがわせる。

三つ目の特色は、この社会派的な資質の延長線上にある現代の日本の社会状況の未解決の問題や厳しい世界情勢に対する真剣な考察である。

東日本大震災を扱った散文詩からは、福島在住の田中自身の被災者としての被災地への思いの強さが伝わってくる。田中は震災直後御高齢の母上（歌人で作家の現在一〇七歳になられた田中志津氏である）と共に、福島原発の放射能漏れから逃れるため、東京に自主避難し、五年間東京に居住したのだった。田中家自身が実際には体験しなかった被災者たちの置かれた苦労の実態も、彼らに成り代わって書かれている。

原発に群がる利権者たち。原発事故を食い物にする業者。あってはならない火事場泥棒。コンビニのATMを破壊して現金を盗む。商品を盗む。目を疑いたくなる光景が現実にある。無人の家々を物色して金品を盗む。かつて、このような卑劣な人間はいなかったであろう。災害に遭いその上の被害。二重苦。許されることではない。災害・復興のつけは、常に国民に廻って来る。放射性物質が放出され、家と土地を余儀なく追われ、着の身着のままで避難する民。津波で家屋と家族・友人・知人・職を失い路頭に迷う多くの民の群れ。大自然の圧倒的力の凄さを見せつけられ茫然とする市民。

（詩集『華化粧』「地震」部分）

被災地で発生した様々な問題を一つも漏らさずに記録に留め、風化を防ごうとしているかのような筆致である。

震災から十年目に書かれた散文詩においても、復興の影に隠れて広がっていった深刻な問題を憤りを持って浮き彫りにしている。

一度原発事故が起こると取り返しのつかない大惨事を生む。ヒトへの放射能汚染・汚染水・核廃棄物・農水産物への被害・風評被害・被災民間の格差・差別など有形無形の負の遺産が、後世にまで傷跡を残す。それでも原発ゼロにしない政府。代替え自然エネルギーの推進を加速度的に実施せよ。

（同「あれから10年」部分）

新型コロナウイルスやロシアのウクライナへの軍事侵攻を扱った作品もある。

目に見えないコロナウイルス　お前はどこを彷徨っているんだ　無差別に人間を容赦なく殺す　老若男女関係ない（中略）経済が回らない　明日の生計が成立しない　貧富の格差　自殺　フラストレーション　ロックアウト　デモが世界中で起こる　デモで命は救われるのか（中略）世界戦争より多くの死者数　武器　ミサイル　核を使用せずに　ウイルスは脅威を地球人に与え続ける　このまま崩れゆく地球となってしまうのか？　慟哭の世界／ロシア軍がウクライナに侵攻したのは

二〇二二年二月二十五日

（詩集『瑠璃色の世界へ』「いつ終息するのかコロナとウクライナ戦争」部分）

田中はなぜこのような時事問題を詩にしたいのだろうか。我が身と近親者だけの身の安全を願うのではなく、社会全体に襲いかかってくる生命の危機がなんとか回避され、出口が見つかることを切望しているからである。それだけ人権感覚を有しているのだと言える。

四つ目の特色は、これまで見てきた三つの田中の真摯などちらかと言えば生真面目な側面とは異なる側面である。田中佑季明は姉に多才な詩人の故田中佐知を持つ芸術一家の次男である。豊かな教養や旅行経験を背景にきわめて自由なフィクションの構造の作品を書くことがある。これが非常にのびのびとした雰囲気を持ち、現代詩の新たな可能性をひらいている。あるいは、現代詩というジャンルに収まり切れない作品の魅力を醸し出している。

ドイツの中世からの建物が残るある都市でホテルから和服を着て演奏会に出かけるのだが、演奏が始まったのに「わたしの耳には／一音も／聴こえてこない」という不可思議な現象に直面する作品の後半を引く。

まさか／このオーケストラは／エアーで演奏しているのか／隣の席の客に／尋ねてみようと／顔を向け／口を開けようとすると／唇に太い指を一本当て／シーッと注意を促す／（中略）／わたしは／九十分余りの／演奏会を／無音のまま／時間を過ごした／／演奏が終わると／客席は／スタンディングオベーション／総立ちだ／ブラボー　ブラボー／という声だけが聞こえた／わたしは　ひとり／座席に座ったまま／茫然としたまま／戦慄の冷たい汗を流していた／（中略）／わたしは／ひとり／下着に　汗を　びっしょり／濡らしながら／タクシーを拾い／ホテルに戻った

（詩と散文『寒暖流』「幻の演奏会」部分）

異国での疎外感が迫ってくる。和服を来て演奏会に臨む「わたし」が拒絶されるという設定により、異文化の壁や人種的偏見を表現している作品かもしれない。しかし、何が田中にこの作品を書かせたのか明示していないところに詩作品としての価値がある。

このように見てくると、田中佑季明の作品の四つの特色には共通項がある。生きるものへのエールである。自らに、他者に、生きるものたちに、世界に、世界という概念を育む社会に、国境を越えた異国の生きるものたちを育む社会に、国境を越えた恐らく地球に、熱く傾けられたエールである。母上を自宅で介護する傍ら、田中佑季明が今後どの特色をより進化させて詩作してゆくのかまだわからないが、スピーディーに新・日本現代詩文庫を刊行することにより、詩人としての更なる御発展があることをお祈り申し上げたいと思う。

詩の在処を尋ねて

『田中佑季明詩集』について

齋藤　貢

ひとは誰しも自らの内部からこみ上げてくる言葉の力に抗しきれなくなって、そういう時には、きっとおそるおそるだが、ペンを握りしめて、自らの内なる言葉を紙に走らせる。自らの内部に蠢くものの姿や正体、無意識なそれらの声を言葉によって自らの目の前に差し出してみようと試みるのである。とりわけ、無意識の底に眠る思春期の心の闇は深い。そこにかすかな火を点して、自らの内面を覗き込む。それは、内部からあふれ出てくる声や言葉の輪郭を通して、内なる誰かと対話をすることであり、それは内なるもう一人の自分に向き合おうとする行為でもある。

しかし、そのような声や言葉によって露わになっていくおのれの姿が、ひとつであるとは限らない。異なった無数の自分の顔に驚きや戸惑いを覚えながらも、目の前にあらわれてくる様々な自己像から、わたしたちは自らにふさわしい自我を手に入れようと苦悶する。多義的で多面的な自我を抱え込みながら、ひとは自分が自分であることの意味に深く固執し、自らのアイデンティティーをより確かなものにしたいと願うのである。

それは、言葉によって自分の詩の在処を見いだす行為にほかならないだろう。未分化な世界を言葉によって分節化し、言葉によって自己と世界を仮構する。そのような自己像を捉えようとする苦悶の姿が、田中佑季明の詩には感じられる。

二〇二四年に書かれたエッセイ「わが詩の源流」には、中学生だった田中佑季明にもたらされた言葉とのみずみずしい出会いが、高村光太郎の『智恵子抄』だったと語られている。この事実はわたしにはとても興味深い。なぜなら、美しき恋愛詩集として名高い詩の言葉が、思春期の少年にとって、異性への目覚めを密やかに促す契機となったであろうことが容易に想像できるからである。

『智恵子抄』の詩の一節を、おそらく内言のようにくりかえし自らに向かって語りながら、田中少年は、思春期の未熟な性をまじまじとのぞきこもうとしたにちがいない。しかし、高村光太郎が『智恵子抄』のなかで描いたのは、男女の理想的な愛であった。智恵子がたとえ統合失調症を発症した狂気の妻であったとしても、そのような現実生活の破綻はすべて浄化され、光太郎の描く『智恵子抄』の詩は、智恵子に対する深い愛情が美しい詩の言葉によって強固にかたちづくられている。そこでは、互いの心が固い絆で結ばれ、光太郎と智恵子は愛し合う男女の理想像として描かれる。たとえそれが虚構であっても、言葉は、純粋無垢な愛で貫かれ、『智恵子抄』は現実を美しく浄化させた虚構の愛の物語にほかならなかったのである。

すなわち、異性への興味・関心を深めた少年にとって、『智恵子抄』は美しく清らかに浄化された性への目覚めであり、それはまた、自らのなかからこみ上げてくる感情や言葉に対しての目覚めでもあっただろう。おそらくこのような思春期の性が、年を経て書かれた詩集『風紋』（二〇一九年刊）以降の詩集の主題を形づくっているのではないかと思う。

あいしてる／いつまでも／うまれたひから／えいえんに／おまえをだきしめていたい／／かしこくいきるより／きれいにいきたい／くもりのないじんせい／けんこうで／こころをかよわす／／さいこうのひと／しぬまで　しんでからも／すきだった／せかいはふたりだけのもの／そうしんじていきてゆく

（「君に捧げる　あいうえお……」）

詩集『風紋』所収のこの詩は、『智恵子抄』のように、男女の愛の至高を、浄化し美化された言葉で表現する。

そのような意味では、この詩は純粋で無垢な世界への田中自身の憧れのようなものであったかもしれないが、流行歌の歌詞のような詩の言葉からはむしろそのような美化や神聖化とは正反対の作者の意識も感じとれるだろう。つまり、身体も言葉も、ともに虚構の存在にほかならないという空しさの実感。それを物語るのが、同じ詩集『風紋』所収の「性の虚構」という詩だ。

熟れた／禁断の／果実を／震えた手で／手に取り／食べるのは／誰か／背徳の／美などは／ない／／一抹の／おどろおどろの／不安と／後ろめたさに／侵され／それでも／味わいたい／毒を含んだ／麻痺する／美味／怪しい／色香が／どこからともなく／漂う／（中略）／末路は／朽ち果てた／残骸が蠢く／性の虚構

（「性の虚構」）

中学生の田中には、『智恵子抄』の、意図的に純粋化された愛の言葉が、男女の理想的な恋愛の尊い言葉として心に深く刻み込まれた。聖典のごとく、詩の言葉には現実を浄化させてひとの心を癒やす大きな力があると確信したにちがいない。しかし、その一方で、そのように作り上げられた美しさが実は虚構に過ぎないこと。言葉でかたちづくられたものの嘘や空虚さという現実もまた、同時に強く実感されたのではないだろうか。それらの事実に気づいた時、『智恵子抄』によってもたらされた思春期の純粋な異性愛は、性愛へと田中を向かわせる。いわば、性愛の聖性化・聖典化ともいうべき詩作へと。

詩集『風紋』に続いて発刊された詩集『聖・性典』（二〇二一年刊）、詩集『華化粧』（二〇二二年刊）においても、田中は性愛の聖性化を目指した。言葉の持つ現実を浄化する力と虚構であるがゆえに露呈される空虚さ。言葉が内包している、このような両義的な働きと力を駆使して、どのように性愛を描くことができるのだろうか。田中の性愛を描いた特異な詩集の密やかな制作意図がここにあったようにわたしには思われる。

思春期の多感な少年に影響を与えた詩集は、『智恵子抄』だけではなかった。詩の言葉は、自分自身の内面と向き合う言葉であり、それは自らの存在の意味を考えることに繋がっている。その後に読んだ『ゲーテ詩集』は、内なるもうひとりの自分に対して問いかける、深い対話と思索に貫かれている。このような哲学的な詩との出会いもまた、その後の田中の生き方に与えた意味は大きい。詩集『智恵子抄』と『ゲーテ詩集』に深い共感を覚えた田中は、〈詩を書いてみたいと、衝動に駆られ〉て、ペンを握った。

これが内なる詩の言葉、内部からこみ上げてくる言葉との初めての出会いであったと、田中はエッセイ「わが詩の源流」で回想している。詩は、まず、自分を知るためには必要不可欠なものであることを思春期の田中は知っていた。新しい世界を獲得していく上で大切なものであることも。それは、自分に他者を意識させるきっかけとなったであろうし、同時に、異性という未知なる他者に向き合う言葉を獲得するための試練でもあった。

田中佑季明という詩人がわたしの記憶に鮮明に刻まれたのは、二〇二三年の一月に、わたしの自宅に近い、いわき市暮らしの伝承郷という郷土資料館の一室で開かれた田中家の「親子三人展」を訪れた折だった。そこに展示されていた田中の詩はもちろんだが、写真や絵画、書など。その多才で熟達した作品の見事さにわたしは驚きと感銘を覚えた。その時、初めて言葉を交わしながら、詩に興味を抱いてはいたが、田中が本格的に詩を書き始めたのは、職を辞し、高齢になってからであることも知った。確かに、最初の詩歌集『うたものがたり』を上梓したのが、二〇一九年四月。七十二歳の時である。この現代詩文庫の巻頭に置かれた詩篇「戦後初期のこどもたち」は次のように始まっている。

渋谷の闇市／昼がだらしなく　ぶら下がっている／母に連れられ雑踏の市場へ／頭にタオルを巻いたおやじたちが／店先で／大きな声を張り上げ／客を呼び込んでいる／（中略）／人込みの中／空腹

を抱え／ふたつの野生の餓えた／ギラつく眼と／限りなく貪欲な食への本能が交錯し／鋭く獲物を執拗に追っている／食料不足の中で生きるには／闇市は必要悪／（中略）／敗戦で見渡す限り／荒廃した虚無の街／荒廃したのは／建物ばかりではない／人々の心も打ち砕かれ／ボロボロに　荒廃していた／ほころびは自分で繕うしかない／（後略）

（「戦後初期のこどもたち」）

ここには、終戦直後の混乱した社会の様子が描かれている。〈昼がだらしなく　ぶら下がっている〉という詩の一節は、このような社会の荒廃と所在なさを表現した比喩として見事だと思う。〈ほころびは自分で繕うしかない〉貧しさのなか、この詩では、この後、必死に生き抜こうとする団塊世代のこどもたちの姿が描かれるのだが、そこにはもちろん田中自らの幼少時の姿も重ねられている。めんこや缶蹴り、ベーゴマや紙芝居。興じるこどもには、逆境を生き抜くたくましさがある。かつて思春期に『智恵子抄』や『ゲーテ詩集』に共感した少年が、やがて、幼少期の自己像に郷愁を抱き、そこに自らの存在の原点を確かめようとする。幼少期の自我を追体験しながら、自分のなかにある内なる声や言葉を、こうして田中はひとつひとつ掬い取っていったのだろう。

田中佑季明は、両親と兄、姉の五人家族。東京で生まれ育った。そのなかで、母と姉は田中にとってきわめて重要な存在になる。母、志津は著名な小説家であり、姉、佐知は、才能を惜しまれて早逝した詩人である。身近にこのようなすぐれた文学者が存在している。それが、詩を志す田中に、大きなためらいを生じさせたであろうことは想像に難くない。だが、母と姉の存在が、むしろいっそう強く文学への執着を田中自身に強いたという側面もあった。

このような母と姉を持ったことに、私も有形無形の影響を受けているのであろう。母や姉の真摯で才能溢れる作品には、到底及ばないが、彼女たちの背中を見て育ってきたことは間違いない。

（「わが詩の源流」）

自らの「詩の源流」が、母や姉の存在に負うという自覚があるからこそ、敢えて言葉への挑戦が生まれたのだろう。

風呂場に／やせ細った／手足が現れた／／かつての／はち切れんばかりの／肉体は／そこにはない／／侘しくもあり／悲しい／これが／力なく／老いること／百三歳の裸体／（中略）／痛みに／耐えかね／肉体の衰え／苦渋の表情／（後略）

（「言葉の力」）

これは田中が介護する百三歳の母親の姿を描いた詩である。詩と散文『寒暖流』（二〇二〇年刊）所収の「言葉の力」はこのような入浴時の描写から始まる。百三歳の母の老いた肉体。それをこのようにありのままに描きながら、痩せ衰えた肉体のなかに、〈希望〉や〈使命感を語る〉母の強靱な精神性を見いだす息子の眼差しがここにはある。

自己否定を繰り返す／過去の栄光を顧みず／生きている甲斐がない／人間失格とまで言う／（中略）／明るい／実現可能と思われる／希望を／とめどもなく／湧き出る水の如く／リズミカルに／語るのだ／（中略）加えて／社会に必要とされている／使命感を語る／（後略）

（「言葉の力」）

言葉と絶えず格闘している母親の文学者としての魂。そういった見えないものをじっと見つめている田中佑季明の眼差しに、詩人としての言葉の力をわたしは感じている。

■田中佑季明年譜

一九四七年　当歳

十一月二十七日、東京都世田谷区で生まれる。目黒区の父の実家に住む。父一朗、母志津、兄昭生、姉保子（佐知）。

一九五三年　六歳

新宿区の屋敷町に移り百坪の家に住む。

四月、新宿区立天神小学校入学。区内小学校美術展に水彩画入選。区内小学校の陸上競技会（国立競技場）で百メートル走に出場。グループ三位となり落胆。

一九六〇年　十三歳

四月、新宿区立東戸山中学校入学（現・新宿中学校）。

高村光太郎『智恵子抄』『ゲーテ詩集』に感動。

この後より二十年に及ぶ父親の酒乱生活に苦悩する。

一九六三年　十六歳

四月、東京都文京区駒込高校入学。社会部に入部。縄文土器発掘作業に参加（武蔵野郊外）。

一九六六年　十九歳

四月、東京経済大学経済学部経済学科入学。マルクス、アダム・スミス、サルトル・ボーヴォワール、カント、大内兵衛等に影響される。学費全額をバイトで支払う。渡辺渡（元学長）ゼミ所属。グリークラブに四年時から所属。卒論「日本資本主義経済に於ける二重構造問題」。

ミサ・オペラ、日本の歌合唱。東京都合唱連盟・ジュネス等に参加。朝日講堂・産経ホール（ＮＨＫＴＶ出演）。新潟県地方公演。県内女子大と合同演奏会。

一九七〇年　二十三歳

三月、同校卒業。

四月、社団法人に入社。

一九七一年　二十四歳

三月、都合により退職。

四月、明治大学教職課程入学。教職の道を志す。

一九七三年　二十六歳
三月、同校終了。教員免許状（社会科中学・高校）取得。業界新聞の記者となり、通産省ペンクラブ所属。
四月、東京の私立高校で社会科担当。四年間政治経済、日本史、世界史、地理を担当する。
一九七五年　二十八歳
三月、西独マールブルクで一ヶ月ホームステイ。
一九七七年　三十歳
三月、都合により退職。
四月、三菱金属㈱入社。
五月、新宿安田生命ホール舞台監督。歌謡チャリティーショーを劇作家から依頼され仲間と引受ける。
十二月五日、父一朗心不全のため六十五歳で永眠。父の火達磨な人生も、最後は静かな死であった。
一九八二年　三十五歳
七月、名古屋支店営業部、その後、東京・大阪・埼玉・仙台・いわき市等各地勤務。
一九八三年　三十六歳
東条会館で、姉の詩集『さまよえる愛』（思潮社）出版パーティー開催。家族で祝う。
一九九二年　四十五歳
初個展、六月二十六日―七月五日、いわき市積水ハウスにて「写画展」。ＳＨＩＣ　ＧＡＬＬＡＲＹにて油絵・水彩・写真を展示。
八月三日―十日、東京三菱フォトギャラリーにて姉弟写真展。
十一月十七日―二十一日、ＮＨＫいわきギャラリーにて写真・詩、姉弟展開催。
一九九三年　四十六歳
一月十九日―二月十四日、三越フォトサロンにて写真展、詩田中保子「潮騒にきらめく女」。
九月八日―十五日、フランス、パリ　エスパソジャポンにて「親子三人展」。催事内容は、志津講演「私の人生と文学」同時通訳。保子自作詩朗読。ＢＧＭショパンピアノ曲。仏訳レジメ配布。行明絵画写真展示。イベント終了後、市内観光。美術館巡り。

一九九四年　四十七歳

一月八日—二十四日、「田中行明展」。写真・詩・絵。フランス、パリでの企画の日本版。母・姉・私の三人展（ギャラリーアイ）。

五月、四十三年居住した新宿の自宅を売却し、所沢へ転居。その後十四年余り、母と姉が住む。

一九九五年　四十八歳

一月十七日、阪神淡路大震災、M7・2発生。大阪支店を拠点に、被災地で支援活動を行う。

八月二十七日—九月二日、大阪ギャレ・カサレスにて写真展。

十一月、仙台支店へ転勤。その後、東京、埼玉、いわきなど各地へ転勤。

二〇〇四年　五十七歳

二月四日、姉田中佐知、東京新宿の総合病院にて癌で永眠。五十九歳十カ月の短い命であった。

二〇〇五年　五十八歳

四月十五日、「佐渡金山顕彰碑」建立。田中志津の文学碑建立。除幕式に母と佐渡を訪問する。

二〇〇七年　六十歳

十一月二十三—二十五日、「田中佑季明を取り巻く世界展」（平サロン）。

十一月二十七日、三菱マテリアル（株）定年退職。三十年勤務。

退職後、小説、随筆、詩、絵画等の創作及び母、姉、私の著書を企画編集し上梓。

二〇〇八年　六十一歳

一月、マニラから長距離バスで七時間余り、標高一五〇〇メートルの学園都市バギオの友人宅で一カ月暮らす。

日本文藝家協会の文学者の墓富士霊園墓前祭に母・兄と三人で参加。母が墓地を購入。

九月三日、平サロンにて姉の絵本詩集『木とわたし』（朱鳥社）原画展と詩の朗読。ＮＨＫの取材を母と二人自宅で受ける。

姉の詩集『さまよえる愛』『砂の記憶』を韓国語版（バ

ベル・コリア）訳・権一周女史・鄭順愛女史（放送大学教授、随筆家）で上梓。

二〇〇九年　六十二歳
四月二十九日―五月六日、創芸工房にて個展「田中ゆきあき写真展」。
八月二日、「追悼・生誕六十五周年記念田中佐知朗読会」（新宿歴史博物館）、司会・田中行明。

二〇一〇年　六十三歳
六月二日、小千谷市船岡公園に「田中志津生誕の碑」建立、除幕式、司会・田中行明。

二〇一一年　六十四歳
三月十一日、母仙骨骨折・尾骶骨骨折で磐城中央病院入院中に、東日本大震災M９に遭遇する。福島原発の放射能被害を逃れて三月末に自主避難。
四月、世田谷区の友人のマンションに一次避難。
五月、東京都中野区の都営住宅に母と五年間居住。
三月二十四日―二十八日、「たなかゆきあきよろず展」（木もれび）の予定が、震災のため幻の個展となる。

二〇一二年　六十五歳
五月、「なかの芸能小劇場」にて姉の詩朗読劇。朝日新聞に紹介される。本の売上利益全額五万円を新聞社へ寄贈する。後援福島民報社。
五月、デザインフェスタ・ギャラリー原宿「田中行明マッチ箱展」姉の朗読CDを会場で流す。写真・絵。

二〇一三年　六十六歳
七月六日、『ある家族の航跡』（武蔵野書院）上梓。家族五人（一朗、志津、昭生、保子、行明）が執筆。

二〇一四年　六十七歳
一月二十日、『邂逅の回廊』（武蔵野書院）上梓。田中志津・行明共著、田中行明編。
七月十日―二十日、オノマトペ田中行明コレクション展。

二〇一五年　六十八歳
九月十六日、写真随筆詩集『三社祭&Mの肖像』（東京図書出版）上梓、田中行明写真・保子詩・写真。

二〇一六年　　六十九歳
一月、月刊誌「りい～ど」に随筆執筆（半年間）。

六月三十日、『団塊の言魂』（すずさわ書店）上梓。

六月三十日、田中佐知詩集『田中佐知・花物語』（土曜美術社出版販売）上梓、田中佑季明編。

七月三十日、小説『ネバーギブアップ・青春の扉はかく開かれる』（愛育社）上梓。

八月一日、日本文藝家協会入会。

九月十四日、日本ペンクラブ入会。

二〇一七年　　七十歳
一月二十日、『歩きだす言の葉たち』（愛育出版）上梓。
四月二十三日、いわき市大國魂神社に田中佑季明歌碑建立。母子文学碑三基（志津・佐知・佑季明）がこれで完成した。
十一月六日―十二日「田中佑季明を取り巻く世界展」（いわき市勿来関文学歴史館）。

二〇一八年　　七十一歳
七月、いわきアート集団入会。
SALON DE TOKIO TEN アートスペース銀座ワンにてグループ展。コラージュ作品出品。

二〇一九年　　七十二歳
四月二十日、詩歌集『うたものがたり』（土曜美術社出版販売）上梓。

九月十九日、国立愛知教育大学院教授時衛国氏の紹介で訪中、中国山東大学、国際会議「多文化研究と学際教育」に出席。講演「私の家族と文学」。

十月、「第45回美術の祭典　東京展」（東京都美術館）に油絵三十号出品。

十月十日、エッセイ集『親子つれづれの旅』（土曜美術社出版販売）上梓。田中志津・田中佑季明共著。

十一月二十日、詩集『風紋』（土曜美術社出版販売）上梓。

二〇二〇年　　七十三歳
二月八日、日本詩人クラブ入会。
三月十九日、日本現代詩人会入会。
七月六日、詩と散文『寒暖流』（土曜美術社出版販売）

上梓。

八月七日、東京経済大学「葵俳壇」に入会。

二〇二一年　　　　　　　　　　　　　　　　七十四歳
二月二十日、詩集『聖・性典』（いまぁじゅ　SALLY文庫）上梓。

三月二十五日、散文集『風に吹かれて』（牧歌舎）上梓。

十二月十六日、随筆集『生きる』（土曜美術社出版販売）上梓。

二〇二二年　　　　　　　　　　　　　　　　七十五歳
二月十四日、詩集『華化粧』（ふらんす堂）上梓。

二〇二三年　　　　　　　　　　　　　　　　七十六歳
一月二十六日―三十日「親子三人展」（いわき市暮らしの伝承郷）、志津、佐知、佑季明の油絵、書、写真、本を展示。

二月十一日、自宅の庭で脚立から転倒、左足指四本骨折。二月十四日から福島労災病院へ三カ月入院。コロナ院内感染。病室にパソコンを持込み、詩集『瑠璃色の世界へ』と、母の随筆集『百六歳　命の言魂』のゲラを校正する。二冊校了。

四月二十八日、詩集『瑠璃色の世界へ』（土曜美術社出版販売）上梓。

七月六日、田中志津随筆集『百六歳・命の言魂』（土曜美術社出版販売）上梓。家族で出版祝い。

十月一日―七日、「田中佑季明個展」（アートスペース銀座ワン）。銀座での個展は初。思いのほか好評。内外から百名以上来場。NY、シドニー、レバノン、イスラエル、オランダ、ベトナム、タイ、北京他。油絵、写真、水彩、コラージュ、本の販売も好評。

十月六日、福島労災病院で脳神経外科手術。十五年来、悩まされ続けていた三叉神経痛を手術。手術後の経過は、少し頭の神経に違和感はあるが、徐々に回復傾向にあり。年末にはインフルエンザにも罹り最悪の一年。

二〇二四年　　　　　　　　　　　　　　　　七十六歳
一月、椎間板ヘルニア再発。ぎっくり腰、座骨神経痛で通院しつつ、心機一転、詩集、俳句、短歌、短編、戯曲他、創作活動に取り組む。
五月、福島県現代詩人会入会。
八月、新・日本現代詩文庫169『田中佑季明詩集』（土曜美術社出版販売）上梓。
十一月、田中佑季明句歌集刊行予定（ふらんす堂）。

マスコミ
〔新聞〕朝日新聞・讀賣新聞・毎日新聞・産経新聞・新潟日報・福島民友・福島民報・いわき民報・東京中日スポーツ〔雑誌〕FLASH・日本カメラ〔TV・ラジオ〕NHK・ニッポン放送・FMいわき他にて取り上げられる。

住所　〒九七一―八一五二
福島県いわき市湘南台一―四―一五

新・日本現代詩文庫 169 田《た》中《なか》佑《ゆ》季《き》明《あき》詩集

発　行　二〇二四年九月一日　初版

著　者　田中佑季明
装　幀　森本良成
発行者　高木祐子
発行所　土曜美術社出版販売
〒162-0813　東京都新宿区東五軒町三―一〇
電　話　〇三―五二二九―〇七三〇
FAX　〇三―五二二九―〇七三二
振　替　〇〇一六〇―九―七五六九〇九
DTP　直井デザイン室
印刷・製本　モリモト印刷
ISBN978-4-8120-2854-4　C0192